料理番 旅立ちの季節

新・包丁人侍事件帖④

小早川 涼

角川文庫
20110

目次

第一話　昆布くらべ　5
第二話　切支丹絵草紙　124
第三話　鈴菜の嫁入り　202
あとがき　254

登場人物一覧

鮎川惣介《あゆかわそうすけ》……江戸城御《お》広敷《ひろしき》御膳所台所人。将軍家斉《いえなり》の食事を作る御家人
志織《しおり》……惣介の妻
鈴菜《すずな》……惣介の長女
小一郎《こいちろう》……惣介の長男
片桐隼人《かたぎりはやと》……惣介の幼馴染《おさななじ》み。御家人。大奥の管理警護をする添番《そえばん》
八重《やえ》……隼人の妻
桜井雪之丞《さくらいゆきのじょう》……京から来た料理人。世継ぎ家慶《いえよし》の正室楽宮喬子《さざのみやたかこ》の料理番
睦月《むつき》……雪之丞と同居する用心棒
末沢主水《すえさわもんど》……漂着して幕府お抱えになった英吉利《えげれす》人
水野和泉守《みずのいずみのかみ》（忠邦《ただくに》）……寺社奉行。浜松《はままつ》藩主
大鷹源吾《おおたかげんご》……水野の懐刀
徳川家斉《とくがわ》……十一代将軍

第一話　昆布くらべ

蒼白《あおじろ》く輝く十三夜の月が西に沈みかけていた。夜鷹《よたか》もその客も野良犬も、とうにねぐらに帰って寂しい夢を結んでいる。夜の底だ。

寺社奉行水野和泉守《じしゃぶぎょうみずのいずみのかみ》（忠邦《ただくに》）が家臣、大鷹源吾《おおたかげんご》は、川端の柳の陰にひそんで、往き過ぎる相手を月明りで確かめた。

策を弄《ろう》してたぶらかし、武士の意地で追いつめ誘い出した獲物だ。菱形《ひしがた》のあばた面が、どこやら幼い。まだ三十路《みそじ》には届いていまい。

重陽《ちょうよう》の節句から四日経っているのに、未《いま》だ縞《しま》の袷《あわせ》一枚で、銀杏《いちょう》つぶしも月代《さかやき》が伸びている。態《なり》はお店《たな》をしくじった手代のようだ。

が、あらためずともわかる。左手に握った藁苞《わらづと》には、太刀が忍ばせてある。

ちぎれ雲が月を隠す。その隙に乗じて大鷹は通りへ歩み出た。息を整え刀の柄《つか》を握り、後ろから声をかける。間合いは充分だ。

「坂元殿《さかもと》でござるな」

次の刹那《せつな》、相手は振り向くと同時に抜刀した。藁苞ごと鞘《さや》を捨て、すっと構えを整える。

刀を持つ両脇を締め、右の拳《こぶし》が右の頬に触れるような位置。変則的な上段の構えは、薩摩《さつま》の示現流《じげんりゅう》だ。

示現流特有の先手必勝の鋭い斬撃《ざんげき》。押し寄せるがごとく走り来て、大上段から一《いっ》閃《せん》――恐ろしい技だ。

大鷹は油断なく前を睨《にら》み正眼に構えて、その最初の一振りを待ち構えた。

しかし、坂元は動かなかった。かかとは地面から離れず、足は止まったまま。突進してくる気配はない。

（まずい。謀《はか》られたか）

胸が冷えた。闇の中から不意に現れる多勢《たぜい》の影。音もなく背後に忍び寄る足。それらを覚悟して、耳を目を心を研ぎ澄ます。

だが、違った。

雲間から顔を出した月が、相手のおびえを容赦なく照らし出した。助太刀を待っているのではない。腕に自信がない。ただそれだけだ。

「参る」

低く宣して、大鷹は半歩前に出た。切っ先をつきだすと、その動きに誘われたように坂元が刀を振り下ろす。恐れが太刀筋から速さと強さを奪っていた。

大鷹は難なく体を躱《かわ》し、坂元の胴を一文字に斬り裂いた。返す刀で袈裟《けさ》懸《が》けに斬った。坂元は泳ぐように前に一歩踏み出したきり、声もなく地面に崩れた。

息のないのを確かめ、辺りをうかがい、亡骸《なきがら》を土手から河原に向かってけり落とす。あとは立ち去るのみ。足早に歩みながら見上げれば、後《のち》の月はまださほど場所を移さぬまま居残って、しんと地面を照らしていた。

二刻（四時間）前には、諏訪町《すわちょう》にある台所人組屋敷《だいどころにんくみやしき》で、同じ月を嬉《うれ》しく眺めていた。鮎川《あゆかわ》家の面々と笑み交わしながら。

縁先には、形良く積んだ十三の団子とゆで栗が供えられ、壺《つぼ》にさした薄《すすき》が少し冷たい風に揺れていた。

「源吾さん。おひとついかが。今夜のはあたしが茹《ゆ》でたんでございますよ」

鮎川惣介《そうすけ》の娘、鈴菜《すずな》が、屈託のない笑顔を添えて、むいた栗を差し出してくれた。娘のおおどかな質《たち》そのままに、栗にはあちらこちら渋皮が残っていた。

「渋皮のとこを指でつまめば、食べるのに重宝かと思ったんですよ。別にむき損ねたわけじゃ――」

鈴菜は、筋のとおらない言い訳を自分でも可笑《おか》しがって、中途でころころ笑いだした。その姿が在り在りと目に浮かぶ。飾り気のない笑い声が、ついさっき聞いたかのようによみがえって耳をくすぐる。

(この世の何にも代えがたい女《ひと》)

斬り捨ててきた坂元にも、そんな相手がいただろうか。

不意に、激しく深い慚愧《ざんき》の念に駆られて、大鷹は立ち止まった。

坂元を斬ったのは、水野和泉守に命ぜられたからだ。今回の君命で斬った島津《しまづ》の家臣は、これで三人になった。

三人とも命がけの斬り合いになるほど手強《てごわ》くはなかった。しかも、三人の誰も悪事を働いてはいない。富山前田《とやままえだ》家との密議を役目としていた。ただそれだけだ。幕府の裏をかいて法度《はっと》を破っていた疑いはある。が、それとて薩摩の島津重豪《しげひで》の采配《さいはい》があってのことだ。

薩摩は、薬種《やくしゅ》取扱いの許しを、幕府に願いでている。聞き届けられたあかつきには、売薬《ばいやく》で潤う富山との絆《きずな》が大いに役立つ。

「薩摩と富山を深く結ばせてはならない。それは借金で瀕死《ひんし》の薩摩をよみがえらせ、必ずや幕府の瓦解《がかい》を招く」

　そう和泉守は言った。それゆえ、市中にひそみ富山からの使いと通じる薩摩の家臣を斬れと。

(残るはあとひとり。だが……)

　このひとりが相当な使い手であることは、すでに調べがついている。

(果たして勝てるのか。たとえ勝てたとしても、それで終わりにはなるまい。新たな者が同様の役に就いたらどうなる)

　命に従うならば、薩摩が企てを諦《あきら》めるまで次々と斬らねばならない。

(斬れば間違いなく薩摩と富山の関わりを断ち切れるのか)

　そうは思えなかった。

　一年前の夏、鈴菜は本道《ほんどう》(内科)の医師になると言い出した。救える命があるなら、と望みを抱いて。今も熱心に修業に励んでいる。そして、今夜のことはもちろん、その前のふた夜の大鷹の所業も知らずにいる。

(鈴菜からみれば、今の俺はただの人殺しだ。そうして幾夜かのちには十中八、九、斬り捨てられて、屍《しかばね》をさらすことになる)

　重苦しく大きな固まりが、胃の腑《ふ》から喉《のど》に向かってこみ上げてくる。それを無理矢理に飲み下して、大鷹は走り出した。

（一）

文政《ぶんせい》七年（一八二四）の長月《がつ》十四日、夜。

江戸城本丸《えどじょうほんまる》の台所人、鮎川惣介は、御広敷《おひろしき》西側の一角を占める御膳所《ごぜんしょ》で独り、すり鉢を抱えていた。

中には、丹念に炒《い》った白胡麻《しろごま》がひとつかみ分。胡麻は、すりこ木の動きにつれて弾《はじ》け、香ばしさが霧のように辺りを包む。ごろりごろりとすりつづけるうちに、粒は油の艶《つや》を帯びた桑色《くわいろ》の粉に変わりしっとり寄り集まる。そこへ割りほぐした卵を少しずつ加えれば、とろっとした種ができる。

味をみながら酒と醤油《しょうゆ》を垂らし、もうひと混ぜしてから小ぶりの鉢に移す。この鉢を蒸籠《せいろ》で蒸せば、利休卵となる。

卵と胡麻のみ。粉も使っていないのに、南蛮菓子のかすていらのごとくふっくら仕上がるから不思議だ。

火加減は、強火でゆっくり六十。それから薪《まき》を減らして中火に。やがて胡麻と醤油の匂いが立ち上がって、熱をくぐった卵の、薄甘いどこか懐かしい香りが加わる。そうなれば、竹串《たけぐし》が鉢の中までずいと通る。

（よしよし。お約束の宵五つにちょうど良く間に合うぞ）

惣介はほっと息を吐いて竈《かまど》の前にしゃがみ、薪の位置を入れ替えた。と、そのとき。開け放した窓の外でふいと秋の虫が鳴き止んだ。

（はて。今し方まで耳鳴りかと思うほど騒いでいたのに）

思うと同時に背中を冷たい風が通り過ぎた気がして、惣介は肩をすくめた。

この秋は閏葉月《うるうはちがつ》をはさんだこともあって、重陽の節句を過ぎてからこちら、朝晩めっきり冷え込むようになった。人気《ひとけ》のなくなった御膳所にも寒さが忍び寄って、小暗い角々には冬の走りがたたずんでいる。

「惣介、また居残りか。日頃の心がけが悪いから、たびたびそのような羽目になる。毎食ごとに丼《どんぶり》飯を三膳も平らげるのはよすがいい。さすれば運も開けてくるぞ」

竈の火に手をかざしていると、御膳所の入り口から伸びらかな声が飛んできた。思わず知らず笑みがこぼれる。幼馴染《おさななじ》みの片桐隼人《かたぎりはやと》だ。

隼人は大奥の警護と管理を掌《つかさど》る添番《そえばん》の役に就いている。自分より身分の高い奥女中三百人に、あなせいこうせいと顎《あご》でこき使われる可哀想なお役目だ。詰所が御膳所と同様に御広敷にある。

惣介とは年も同じ、働く場所も同じ、禄高《ろくだか》五十俵の御家人という立場までお揃いの仲の良さだ。が、如何《いかん》せん口うるさい。おのれが齢《よわい》四十を迎えてなお鍛え上げてすんなりした姿を保っているのを鼻にかけ、何かにつけて惣介の健啖《けんたん》とほんの少々ぽってりした下っ腹について説教を垂れたがる。迷惑この上ない。

「ちぇっ、いらぬ世話を焼くな。悪いのは俺の心がけでも運でもない。事情は先刻承知のくせに」

御膳所台所人は将軍の食事を調製するのが仕事だ。夕餉《ゆうげ》の膳は毒味を経て暮れ六つには御前に運ばれていく。下がってきた椀《わん》や皿の片づけを済ませても、五つよりはだいぶん前に下城できる。

にもかかわらず、惣介がたったひとり居残ってすり鉢を抱えているのは、十一代将軍、家斉《いえなり》から、いつもの召し出しがあったためだ。

将軍にお目通りがかなう御目見《おめみえ》の身分は、旗本以上と決まっている。ところが思わぬ巡り合わせで、御目見以下の惣介が、ちょくちょく御小座敷に上がり家斉に直接見《まみ》え言葉を交わすようになった。その際に毒味を通さないひと品を持って参じる習《なら》いもできた。

石仏もあんぐり口を開ける無茶。大目付がぎゅっと目をつぶる好き勝手。それが居並ぶ旗本のお歴々や同輩の御家人の気持を逆なでしつつ、すでに足かけ五年つづいている。

御膳所の内はもちろん、この頃では御広敷の外にまで知れ渡った内緒ごとだ。

「おぬしが上様に振り回されているのも、お召しの都度《つど》、上役や同輩から白い目で見られるのも知っちゃあいるさ。だがそれは、食い過ぎの言い訳にはならん」

憎まれ口を足す隼人に背を向け、惣介はさらに火のほうへ体を寄せた。

「やかましい。飯を食うのに言い訳なぞいるか。食は我がさだめと見つけたりだ。天命に従って堂々と食いたいだけ食うまでよ」

言い切るとたいそう心地が好《よ》い。

「むしろ言い訳がいるのは、隼人、おぬしのほうだろう。宿直《とのい》を抜け出して油を売っているのだからな。冬の始まる前から御膳所の温《ぬく》みを恋しがるとは、爺《じじ》むさいにもほどがある」

涼しい目元と形の良い鼻とやさしげなふんわりした口を、すっきりした輪郭《りんかく》に載せてすましている男前。そいつを『爺』呼ばわりして、ますます気分が良くなった。

「ふむ……まあ、惣介の言い分に一理ある。どうしたものか、今宵《こよい》は御錠口《おじょうぐち》の周囲がやけに冷えるようでな。ちと温まりたくなった」

思いがけず可愛げのある応《いら》えが返ってきた。そればかりか、微《かす》かなため息までおまけについてきた。

「どうした。困り事か」

「それがなあ、実は――」

言いさして、隼人が竈の脇に立った。その姿をしゃがんだ位置から見上げて、惣介は息を呑《の》んだ。への字に結んだ口角に寂しげな皺《しわ》が寄り、目は生気なく落ち窪《くぼ》んで、下目蓋《したまぶた》にくっきりとくまができている。せっかくの男ぶりが台なしだ。

「いや、言うても詮《せん》ない。止《よ》そう。それより今日は珍しく出汁《だし》の匂いがせぬが、上様がそのようにご所望か」

隼人が料理に興味を示すとは、そちらのほうがよほど珍しい。

「よう当てたたな。うそ寒いゆえ汁物を差し上げたいところだが、仰《おお》せとあらば御心に従うまでよ。ふかふかと温かく、胃の腑にもたれることもない品をお作りした。利休卵だ。熱い黒豆茶を添えて出せば、お休み前のひと口にちょうど良かろうと思う」

いつもなら家斉からの召し出しは、小姓番《こしょうばん》が惣介の上司、台所組頭の長尾清十郎《ながおせいじゅうろう》にひそひそ耳打ちし、長尾がたいそう不機嫌になって顎で惣介を招くのが手順だ。ところが今回は、将軍お気に入りの田沼玄蕃頭《たぬまげんばのかみ》がわざわざ顔を出して、惣介に直々「出汁を使わぬものを」と言いつけていった。

おかげで、長尾の苦虫おむすび顔は、唐辛子をたっぷりまぶしたごとくになったし、夕餉《ゆうげ》の支度で賑《にぎ》わしかった御膳所は、薪の爆《は》ぜる音だけ残して静まり返るし、惣介は身の置き場がない思いをした。

こぼしたい愚痴は七つも八つもある。だが、今夜の隼人はそれどころではなさそうだ。

「なあ、隼人。思いわずらいを胸のうちに抱え込むのは毒だ。言うて詮はないにしても、万はあるやもしれん」

今度は背中を火に炙《あぶ》りながら、惣介は言葉を選んだ。

「御小座敷から戻ったら話を聞こう。それまで竈の番をして温まっているがいい。不覚をとって風邪なぞひかぬようひと息入れるのも、立派に忠義のうちだぞ」

話したくなければそれでもいい。心にわだかまる何かを聞いてもらいたいときに聞いてくれる相手がいる。そう知っているのが大事だ。

「甘やかすな。肩を借りてオイオイ泣くやもしれんぞ」

隼人は戯れ言に流して、無理矢理らしくニッと笑った。

「ありがたいが、そろそろ詰所に戻らねば小言を喰《く》らう。明日《あす》、宿直《とのい》が明けたら、諏訪町のおぬしの屋敷を訪ねる。どこかで一献《いっこん》傾けよう」

言い終えるより早く、隼人は身を翻《ひるがえ》して御膳所を出ていった。

代わり合って仮眠はとるにしても、宿直で熟睡するのは難しい。明けにはさっさと帰って、恋しい我が寝床にもぐり込みたいのが人情だ。それをわざわざ、自宅のある四谷伊賀町《よつやいがまち》とは真反対の諏訪町へ足を運ぶと言う。

(なるほど。悩みの因《もと》は片桐家の炉端に在りか)

惣介はぽっちゃりした頬を撫《な》で撫で、しばし思案にふけった。

隼人の家には、可愛い盛りの双子、仁《まさし》と信乃《しの》がいる。そして隼人は、三年前の春にこの子らを授かって以来ずっと、重い親馬鹿の病を患《わずら》っている。双子に何か面倒が起きているなら、『一献傾けよう』などと呑気《のんき》に構えはしまい。

(つまり、隼人の男ぶりを危うくしているのは、嫁姑《しゅうとめ》のゴタゴタだな)

四谷伊賀町で隼人を待ち構えているのは、双子ばかりではない。反《そ》りの合わぬ嫁姑——八重《やえ》と以知代《いちよ》がてぐすねひいている。

この竜虎《ふたり》、十五年近く飽きもせずに相打っているのだ。何日も黙って横目を飛ばし合ったり、笑みを浮かべつつ皮肉を投げ合ったり、般若《はんにゃ》の顔で詰《なじ》り合ったり。そして両者とも、隼人が肩を持ってくれて当然と考えている。

自負心の固まりで、家名と刻んだ太い梁《はり》を背骨に通したみたいな以知代。蝶《ちょう》の乱舞もかくやの艶《あで》やかなべっぴんながら、うり坊を連れた雌猪《めすいのしし》も顔負けに気の強い八重。

似た者同士の口争いには、惣介も何度か巻き込まれて痛い思いをした。ものわかりがよくなだめ上手、と自負する惣介でさえ手に負えないのだ。石頭で不器用な隼人に上手《うま》くさばけるはずもない。

惣介にも十五年連れ添った口の減らぬ妻、志織《しおり》がいる。減らぬどころか日に日に口の数が増える気がする十七の娘の鈴菜と、元服を控え屁《へ》理屈の問屋を見世開きした跡取り息子の小一郎《こいちろう》も後ろに控えている。それでも、ありがたいことに鮎川家の炉端に竜虎はいない。

(とどまるところを知らぬ女の諍《いさか》いに吹きさらされた末、隼人から滴《したた》っていた美貌《びぼう》の水が涸《か》れつつある、とそんなところか)

間違いない。我ながら惚《ほ》れ惚《ぼ》れするような読みだ。まさしくと同調するかのように、蒸籠《せいろ》の縁からほわほわ白い湯気が踊り出ている。蓋《ふた》を開けると、胡麻《ごま》と卵を混ぜた汁は鉢の中でこんもりと固まり盛り上がって、ふっくら栗《くり》の実色に蒸し上がっていた。

鉢から出した利休卵は、方向を変えながら十文字に二度包丁を入れ、半分閉じた扇の形に切り分ける。形が崩れないようそっと蓋付きの器に盛る。

冷めても不味《まず》くはないが、微かに卵の生臭みが出てしまう。やはりこれは、熱々のところを胡麻の香りを楽しみながら口に運ぶのが美味《うま》い。

食せば、ほっくりした舌触りの後にまず卵の匂いが来て、それからすっかり粉にしたはずの胡麻が「わたしゃ粒でござんすよ。ええ、たしかに粒でござんした」と言い張るように、しゃくしゃくと歯に当たる。呑み込めば、喉《のど》の奥から卵と醬油《しょうゆ》の香がひょいと戻って来てあとを引く。次のひと切れに手が伸びる。

こちらもまた、我ながら惚れ惚れするような出来だった。

宵五つちょうど。蓋をした器と黒豆茶の支度を膳に載せて、惣介は御膳所から御小座敷へとつづく中奥の廊下を歩き出した。隼人が言っていたとおり、御膳所の外は峻《しゅん》と冷えていた。吐いた息が白くなる。この時季に、といぶかしく感じつつ歩を速める間も、隼人のやつれた顔が脳裏にちらついた。

（男前に生まれるのは、存外めんどうの種よなあ。若いうちはちやほやされて晴れがましいだろうが……）

天下の美丈夫《びじょうふ》の隼人も、団子の顔に団子の目鼻を載せた面《つら》で浮き世を渡る惣介も、等し並みに老《ふ》ける。髪が薄くなる。目元や口元には深い皺が寄る。頬はたるむ。そうなったときに「あのお方も容色《ようしょく》が衰えて……」とささやかれるのは、隼人のほうだ。とすれば、惜しまれる容《かんばせ》など元から持ち合わせていないのは、実は幸いではないか。

（いずれの一生も、損得の差引きは似たり寄ったりやもしれん）

常日頃、隼人の風采《ふうさい》を羨《うらや》んでいる身の上だ。初めて逆の見方に思い当たって、ついつい頬がゆるむ──そのときだった。

埃《ほこり》と汗と黴《かび》を混ぜて醸《かも》したような、あるいは、着たきり雀《すずめ》で一年過ごした着物を洗わずに長持《ながもち》へ放り込み十年後《のち》に開けたみたいな、恐るべき臭いがつんと惣介の鼻を刺した。

御膳所から延びる廊下と交差する、御休息（将軍の寝所）と御小座敷の間を抜ける細殿《ほそどの》。悪臭はそこから漂って、いや押し寄せて来る。

（天井裏に狐《きつね》か狢《むじな》が迷い込んだか）

城中の林に住む獣なら、ここまで臭くはない。入り込んだとしたら、深川洲崎《ふかがわすさき》の塵《ごみ》で埋め立てた十万坪から這《は》い出してきた奴ばらだ。

（……いや、そんな生易しいもんじゃない）

何せこの臭いは、惣介の数ある――百とは言わないが五十はある――取り柄のひとつ、人並み外れた鋭い嗅覚《きゅうかく》を、ぐいぐい責め苛《さいな》んでくる。鼻で息をしていると、めまいがして涙がこぼれそうになる。口でハアハアやってみると、今度は青黴の生えた餅《もち》を口に突っ込まれたみたいな味が喉まで広がる。

（こいつはたまらん）

惣介は鼻を肩に押しつけて、浅い息を繰り返した。

この通路の突き当たりは上御鈴廊下《かみおすずろうか》である。いつもは、廊下の向こうにある大奥から香の匂いがほのかに漏れて、雅《みやび》この上ない場所だ。そこが鼻風邪に罹《かか》っている者さえ鼻が曲がるほど臭くなっている。

隼人は先刻、呑気に御膳所をのぞきに来ていた。今も辺りに人影はなく、騒ぎが始まった気配もない。城中の様子に目を光らせている小姓番も添番も伊賀衆もまだ気づいていない。すなわち、臭いの因《もと》は今さっき現れたばかり、ということだ。

（……俺がどうにかせねばなるまい。まずは何が起きているのか探る。入り用なら

ば人を呼ぶ）

人を呼ぶことになったならば、一番に駆けつけた者にあとを任せて、御小座敷に参じればよかろう。

せっかくの利休卵に臭いが移っては大ごと。惣介はささげてきた膳を体でかばうようにして、角から恐る恐る首を突き出した。

細殿を照らしているのは、角々に置かれた金網掛けの行灯《あんどん》だけで、明るいのは足元ばかり。壁や襖《ふすま》戸の中途から上は、夜の帳《とばり》に覆われている。

限られた灯でまず目に入ったのは、踵《かかと》だけを被《おお》ったテラテラ光る赤い足袋《たび》らしき切れ地と、野ざらしの骨みたいな白土《はくど》色《いろ》のくるぶしだった。足は二本。迷う様子もなく御鈴廊下に向けて進んでいる。澄ました耳に、はたはたと微《かす》かな足音が届いた。

（く、曲者《くせもの》か）

叫びかけて、ためらう気持が前に出た。

幕臣にも様々な者がいる。大の風呂《ふろ》嫌いかもしれない。登城の装束を代々ひと揃えしか持たず、二百年使い回しているのかもしれない。急な腹下しで厠《かわや》に間に合わず前後に暮れている気の毒な御仁、ということもあり得る。何より、本当に曲者でいきなり斬りかかってきたら、惣介には立ち向かう武器も腕もない。

とりあえずは、あり合わせの勇を搔《か》き集めて目線を上げてみる。じっと瞳《ひとみ》を凝らしているうちに闇に目が慣れた。

見れば見るほどおかしな風体の奴だった。

くるぶしのすれすれまで、細身の釣鐘《つりがね》みたいにふんわりと白い布の滝が落ちている。布が唐縮緬《とうちりめん》なのか、帷子《かたびら》を幾重も重ねてあるのか。惣介の位置からでは判じかねた。それでも、その滝に刺繡《ししゅう》らしき裾《すそ》模様があるのはわかった。加えて、帯のあるべき場所に帯がない。代わりに桃色の太い腰紐《こしひも》のごときものが、胸のすぐ下をぎゅっと締めつけている。

上半身も下の部分と同じ白い布だが、その着方はほとんど着ていないに等しかった。諸肌《もろはだ》を脱いだかのように、大方背中が出ている。袂《たもと》は、裄《ゆき》も丈《たけ》もやけに短く、ぽぴんみたいにふくらんでいる。そこから蒼白《あおじろ》い二の腕がにゅっとのぞき、腕と同様に青ざめた首には、赤茶色く色褪《いろあ》せた髪が、すっかりほどけて乱れ落ちていた。

ここまでしげしげと眺めれば、いくら惣介でも気づく。女だ。

(まずい、まずいぞ。この女、いったいどこから迷い込んだ)

城中の女は、頭を剃《そ》った御坊主以外すべて大奥の内。それが法度《はっと》である。中奥に女がいるだけでも大ごとだ。

しかもこの女。風体からして――抜きすぎた衿《えり》といい、自堕落な髪の有り様といい――盛りの過ぎた安女郎の類《たぐい》らしい。おまけに、経帷子同然の白い着物をぴかぴかと飾り立て、ちょいと引っかけただけの足袋は真っ赤とくる。

とてもまともな心持の者とは思われない。

第一に案じられるのは隼人の立場だった。添番が警護をなまけて御膳所でぼやぼやしているうちに女が中奥に侵入した、となれば咎《とが》めを受けるのは必定である。

(幸いまだ誰も気づいておらん。今のうちに隼人に知らせてやれば、どうとでも言い抜けられる)

一刹那《いっせつな》、頭のどこかでささやく声がした――「利休卵が冷める」

惣介はぶんぶん頭を振って、その声を押しのけた。大事なのは隼人だ。ぎゅっと唇を結んで引き返しかけた矢先、目の端に信じられないものが映った。

御鈴廊下と中奥とを仕切る九尺七寸(約二メートル九十四センチ)の分厚い杉戸。その前まで達した女が、閉じたままの戸を通り抜けたのだ。

杉戸にぱっくりと切れ目ができたかのように、女はずいと戸の真ん中へ身を差し入れた。頭から足先まで縦に断ち切ったごとく、体の後ろ半分をこちらに残して、一瞬止まる。同時にうめくようなかすれ声の呪文《じゅもん》が、小暗い通路に低く響いた。

「とりいず　るてん　まこうむ」

次の刹那、女の残り半身も御鈴廊下の中へ消えた。杉戸は何ごともなかったように、どっしり中奥と大奥とを仕切っている。もちろん、穴どころかひび割れもない。

(あ、あやかし)

体中の血がひと息に足先に向かって落ちた。首の後ろがぞわりと粟立《あわ》った。危うく膳を落としそうになった。

あとはもう廊下を這ったか天井を走ったか。習い性で「鮎川でござります」と声はかけた。が、家斉の許しを待てたかどうかは覚えがない。

我に返ったとき、惣介は御小座敷の下段の間にぺしゃりとへたり込んで、ただ震えていた。

(二)

「惣介、いかがした。顔が真っ白だぞ」

耳元に声を聞いて身を起こすと、眼前に将軍の顔があった。惣介のすぐ傍に膝《ひざ》をつき、気遣う様子でこちらを見つめている。たちまち恐れも戦《おのの》きもどこかにすっ飛んだ。許しも待たずに御小座敷へ転がり込んだかもしれない無礼、不届き。それで頭がいっぱいになった。

いつものようにすでに人払いがなされて、座敷には家斉と惣介だけだ。けれど、余人《よじん》の目があるかどうかは関係ない。君臣の礼のけじめである。

「う、上様……御下知《おげじ》もいただかぬまま御小座敷に立ち入りましたる不始末の段、申し開きの仕様もございません。かくなる上は鮎川惣介、如何《いか》なるご沙汰《さた》も――」

「えーい、たわけたことを。下知はした。余は『入れ』と申しつけたぞ。気にかかるのは、そちの具合だ。その顔色、ただごとではない。今、医師を呼んでやる。気をしっかり持てよ」

慈しみにあふれた声音だった。力強く温かな声がじわりと体に沁《し》み渡って、胸のうちも少し凪《な》いだ。

「ありがたきお言葉。鮎川、生涯の宝といたします。つまらぬことで御心をわずらわせました。平に平にご容赦下さりませ。体のほうは根っから丈夫に出来ておりますゆえ、医師は不要にございます。このような仕儀になりましたのも、実は」

今し方、あやかしが御鈴廊下の内へ――吐く息とともに、そう飛びだしかけた科白《せりふ》は、危ういところで、吸う息と一緒に肺腑《はいふ》へ戻っていった。

(あの怪異が空目《そらめ》でないなら、紛《まが》うかたなく狐狸《こり》の変化《へんげ》であろう。ならば、狐狸に化かされ、怖《お》じ気《け》を震って御小座敷に逃げ込んだ、と上様に知られるなぞ、恥の極みだ)

出会《でくわ》した光景の恐ろしさに、まだ肝っ玉は縮み上がり背筋は凍りついている。それでも頭の片隅には、体面だの外聞だのといった言葉がちらついていた。剣ではなく包丁で御奉公していても、武士は武士だ。身のうちに多少は矜持《きょうじ》がある。噂が広がって、臆病者《おくびょう》よ、と後ろ指さされるのは辛《つら》い。

思うそばから、別の考えが湧いて出た。

狐狸だとして。あれほど不気味な化生《けしょう》を成すからには、間違いなく城中の林に棲《す》むうちでも飛び切り性悪な古狸、古狐だ。そんなものが大奥へ侵入した。放っておいてよいはずがない。しかし……。

(上様に狐狸が大奥へと申し上げたなら、中奥の警護がたるんでいるとお怒りになるやもしれん)

今度は、隼人の立場を慮《おもんぱか》る気持もむくむくと立ち上がる。

(……はて、何と言上したものか)

心の臓がまた動悸《どうき》を打ち出した。

上目遣いにうかがえば、家斉は首を真横に傾げた思案顔だ。惣介が隠しごとを抱え、誤魔化す策もないまま迷いの渦にぐるぐる振り回されているのを感じ取って、面白がっている風でもある。

とはいえ、体の具合が悪いのではないとわかるまでは、親身に案じてくれていたのだ。その家斉の前で嘘八百を披露するなど、いくらなんでも不人情じゃないか。どだい、こんなに頭が散らかり放題では、八百どころかふたつみっつの言い逃れさえ見つけられそうにない。

上手《うま》い返事を探している間にも、古狸のあやかしを奥女中が目にしてしまわないか。今にも絹を裂く叫びが響きわたりはしまいか。気になって胸が騒ぐ。しかも、こうして迷っているうちに利休卵は刻々と冷めていく。

思いは千々に乱れ、脇の下をいやな汗が滴り落ちた。

と、家斉が両膝をぽんと叩《たた》いて立ち上がった。

「よいよい。急な病でのうて何よりだ」

ゴクリと唾《つば》を飲み込んで顔を上げると、上段の間へ引き返していく背中が見えた。

「せっかくのひと品。作りたてのうちに賞味致そう」

「た、ただ今」

惣介は深い安堵《あんど》の息を吐いた。取りあえず窮地は脱した。あれこれ問い詰められずに済んだ。

（ありがたい。利休卵も温かいうちに召し上がっていただける）

伸ばした手が膳に触れるとカタカタ音がした。それで初めて、まだ震えが収まっていないのに気づいた。惣介は臍《へそ》に力を入れ、足を踏みしめて膳を持ち上げた。

「お休み前でございますので、黒豆茶は煮出さず、急須《きゅうす》で蒸らすよう支度《したく》いたしました。香りは薄くなりますが、味がまろやかで胃の腑《ふ》にもよいかと存じます」

惣介が黒豆茶を淹《い》れている間に、家斉は鉢の蓋《ふた》を開けた。廊下で起きた幾多の苦難にもかかわらず、利休卵は健気《けなげ》にまだ湯気を上げている。

「ふむ。これはまた、胡麻《ごま》の歯触りが面白いの。出汁《だし》を使わずとも、美味《うま》いものはいくらもあるようだ」

大奥の動静をそわそわ窺《うかが》っていた耳に、将軍の楽しげな声が届いて、今さらながら心づいた。

（ああ、上様はすっかりお健やかになられた。もう胃の腑の心配はせずともよかったのだ）

秋の頃、家斉は政《まつりごと》の悩みでめっきり食欲が落ち、やつれ弱々しくなって、御膳所を始め身の回りに仕える幕臣たちにずいぶん気を揉《も》ませた。が、今夜こうして間近に接してみれば、頬は元のようにふっくらと。眼《まなこ》も力強い光を取り戻している。

将軍の立場にある以上、厄介ごとは次々と現れる。それでも、家斉の体に重い病がひそんでいなかったのは何よりだ。当面の危機は去ったのだ。

ひととき、あやかしのことも忘れて、惣介は嬉《うれ》しさを嚙《か》みしめた。

（やれやれ。あとは早々に御前を下がって、あやかしが出たと隼人に教えてやればよい）

心はすでに御広敷へ、添番の詰所へと急いでいる。身も下段の間へ戻る構えだ。が、そうは問屋が卸さなかった。

「今宵《こよい》そちを呼んだのにも、料理に出汁を使わぬよう命じたのにも、理由《わけ》がある」

利休卵を平らげ黒豆茶を飲み干して、家斉がおもむろに切り出した。

「そちの後ろにある折敷《おしき》を、こちらへ」

言われて見返ると、上段の間の隅にへぎ板で作った角盆が置いてある。紙で被《おお》ってあるが、中身が昆布なのは匂いでわかった。自慢の鼻がここまで気づかずにいたとは、あやかしの毒気《どっき》にやられたとしか思えない。

「昆布でございますな」

「天晴《あっぱ》れ、惣介。さすがの鼻じゃ。出汁の利いた品を持参させて、匂いが入り混じっては困る。そう思うて念を入れたが、要らぬ頓着《とんちゃく》であったかな。早う被いを取って中を見よ」

　命ぜられるままに紙をどけると、折敷の上には二枚の昆布が並んでいた。両方とも平べったく、幅三寸（約九センチ）長さ五寸（約十五センチ）ほどに切り揃えてある。

「余は詳《つまび》らかには知らぬが、昆布は産するところによって、あれやこれや違いがあるのだろう」

「仰せのとおりにございます。普段、御膳所《ごぜんしょ》で用いますのは、松前藩《まつまえはん》から献上されて参ります真昆布ですが、他にも、利尻《りしり》昆布——」

「ふむ。利尻……それよ」

　家斉は身を乗り出してうなずいた。

「なに、つぶさに語らずともよい。余が昆布に不案内であっても、そちが承知しておれば美味いものが膳《ぜん》に載るからな。それでこと足りる。今、肝要なのは、そちが昆布を如何ほど知り尽くしておるかだ。どうだ、惣介。さほど手間をかけずとも、昆布の見分けができるか」

出汁用の昆布は、蝦夷地《えぞち》の南の端、松前藩の周辺の海で採れる真昆布の他に、蝦夷地の最北で採れる利尻昆布、東蝦夷地で大量に産する日高《ひだか》昆布など、幾種類かある。

どれも一寸見《ちょっとみ》は似ているが、触れた感じや匂いはもちろん、取れる出汁の味わいや香りもまるで異なる。それゆえ、昆布くらべくらい御膳所の台所人ならば誰でもできる技だ。

『見分けができるか』とは心外なお訊《たず》ね。甘く見ないでいただきたい。と、胸のうちでは思っているわけだが、もちろんそんな無礼なことは口にしない。

「御意。お申しつけとあらば、如何様《いかよう》にも相務めます」

家斉は満足そうにうなずくと、前のめりになって、折敷の上で忙《せわ》しなく指を左右に振った。

「ならば惣介、この二枚の昆布をしかと見よ。どちらも利尻ではない。そうであろう。それで間違いなかろう」

惣介は股《もも》に両手を乗せたまま、返しに詰まった。二枚がともに利尻でなければ、家斉には都合がよいらしい。だがどうやら……。

「ちと手に取ってもよろしゅうございましょうか」

「苦しゅうない。とくと吟味《ぎんみ》せよ」

とくと、と口では言いながら、家斉の声は焦《じ》れていた。しかし台所人の立場からすれば、たとえ将軍の訊ねであっても、いや将軍の訊ねであるからこそ、そうあっさりと返事はできない。あやかしのことは、もはや、二の次、三の次になっていた。

（ああ、やはり違う）

昆布を左右の手に一枚ずつ持ったところで、惣介は唇を噛んだ。

左は家斉の期待どおり、利尻ではなかった。真昆布だ。

肉厚で弾力があり香りはやや薄目。切り口が白い。真昆布のうちでも白口浜《しろくちはま》真昆布という最上級の品だ。朝廷や幕府に上納されることから、献上昆布の名があり、主張しすぎない澄んだ出汁が取れる。

切り揃え方に見覚えがあった。どうやら、御膳所の乾物置き場から持ち出されたものらしい。

しかし右は、まぎれもなく利尻昆布だ。

真昆布よりはるかに香りが強く、硬めの手触りで少し力を入れればパリンと割れる。こくがあって、かつ品《ひん》の良い出汁ができることから、薄味好みの京で愛用されている。

ただ、この利尻はひどい状態だった。元は上物だったろう。だが、そのあと海に落ちたか潮をかぶったか、とにかくずぶ濡《ぬ》れになり、手当されずに放り出されたまま、また乾いた――そんな風に見える。

(さて、なんとお答えしたものか)

問題は、この謎かけが何のためか、だった。

ただの遊びなら、たとえば家斉と側室の誰ぞが昆布の見分けを競っていて、家斉がどちらも真昆布と言い張っているなら、利尻も真昆布だと馴《な》れ合って済ませればいい。それで穏便に収まる。

惣介自身の料理人としての技量を家斉が試そうとしているなら、「左は真昆布、右は利尻昆布でございます」と正しく返答しなければおのれの立場が危うい。

(いや、どちらの推量も違う。戯れや俺の力量ごときで、上様がこのように苛立《いらだ》たれるはずがない)

何か深刻な次第が裏にあるのだ。

「おそれながら、上様。この昆布くらべには――」

どのような仔細《しさい》がございますので、と最後までつづけることはできなかった。家斉が拍子抜けしたかのように太いため息を吐いて、脇息《きょうそく》にもたれかかったからだ。

「なあ、惣介。薩摩が、五月蠅《うるそ》うてかなわんのだ。唐物《とうぶつ》の扱いをさらに手広くやらせてくれと、ことある事に言うて寄越《よこ》す」

それと昆布に何の関わりが——と首を傾げかけてやめた。いつものことだ。大人しく耳を傾けていれば、いずれ事情はわかる。家斉の問わず語りを、猫となって黙って拝聴する。それが御小座敷での惣介の役目ではないか。

「島津はたいそうな借金で首が回らんようになっておる。参勤交代はおろか、登城の供揃えもままならん有り様さ」

薩摩の借財は五百万両とも噂されている。幕府の中枢におらずとも、薩摩藩邸の傾いた門や根太の腐った木戸、ぺんぺん草の茂る屋根などを外から見るだけで、その困窮ぶりはわかる。下屋敷や別邸ばかりではない。上屋敷すらも荒れ果てて、図体《ずうたい》の大きな裏長屋さながらだ。

薩摩藩は交易で稼ぎたがっている。こちらもよく知られた話だ。しかしながら、唐物を扱うには——御定法に従って清《しん》国で仕入れた品を長崎会所で売るには——幕府の許しがいる。

薩摩は、なし崩しに属国扱いしている琉球《りゅうきゅう》を通じて、いくらでも清国の物品を手に入れられる。幕府の目を盗んで細々と違法な売り買いもしているらしい。だがその程度では所詮《しょせん》、焼け石に水。もし手を広げる許しがもらえれば、大威張りで清との交易を盛んにできる。唐物をガンガン売りさばける。結果、藩の財政が一足飛びに豊かになる。そういう勘定だ。

「困っておるのは承知ゆえ、これまでも、虫糸（てぐす）やら玳瑁《たいまい》やらの商いを認めてやった。多少の非違《ひい》にも目をつぶってきた。ところが、それでは足りぬと言う。薬種《やくしゅ》の買い取りもやらせろと、しつこくせっついてくる」

しかめっ面で天井を仰いで、家斉はまた嘆息した。

今、薩摩の藩政を仕切っているのは、家斉の御台所《みだいどころ》、茂姫《しげひめ》の実父、島津重豪である。つまり、家斉は舅《しゅうと》から頼みごとをされているわけで、当然、茂姫からの口添えもあろう。しかも相手は、体面を保つゆとりさえなくして貧苦にあえいでいる。断るにしてもそれなりの方便が入り用だ。

武士は相身互い。素気なくせず薬種の取扱いもさせてやればよかろう、と仏の顔ができたら苦労はない。清との交易は幕府にとっても大事の銭函《ぜにばこ》だ。加えて、他藩との兼ね合いもある。薩摩ばかり優遇できまい。いやむしろ、外様の大藩、薩摩には、借金を質に置いてあっぷあっぷしていてもらうほうが、幕府にとって都合がよい。

「そちも耳にしたやもしれんが、先頃、大風にさらわれて波に呑《の》まれかけた弁財船《べんざいせん》が、上総《かずさ》に漂い着いて騒ぎになった」

惣介が家斉の苦渋に心を寄せている暇《いとま》にも、話はひょいと変わっていた。

「細かなことは存じませぬが、小耳には、はさんでおります」

長月《くがつ》の初めだったか。そんな話を城中で聞いた。水主《かこ》（船乗り）が幾人か命を落とし、積荷も大方流されたそうだ。戻ってこられた者がいただけでも僥倖《ぎょうこう》、との評判だった。

「大破した船に残った荷の中に、昆布があった。蝦夷からの戻りの船ゆえ、昆布があるのは不思議でも何でもない。船頭も、利尻の昆布で京の料理屋に急ぎで頼まれたもの、と申し述べて、片がつきかけたのだが――」

家斉は、惣介の淹《い》れ直した黒豆茶を啜《すす》って、また脇息にもたれ込んだ。

「船底に薩摩の船鑑札を隠しておったのが露見しての。となれば、捨ててはおけぬであろう」

船鑑札は各藩が入港を許した印の木札である。

（ははあ。それで昆布くらべか）

惣介は首肯《しゅこう》した。

薩摩の港に漕《こ》ぎ入れることを許された船に、昆布の積荷——ようやくつながりが姿を現した。

（上様は、この昆布で薩摩藩の悪事を証立《あかしだ》てされようとお考えなのだ）


清国の商人との売り買いは、物々交換で行われる。向こうからは玳瑁や薬種、こちらは銅や俵物《たわらもの》。銭金なしのやり取りだ。ただし、銅は幕府が一手に握って厳しく目を光らせている。諸藩が扱えるのは俵物——海産物である。

昔は唐《から》との交易に使う俵物と言えば、本土の海辺で産する、煎海鼠《いりなまこ》、乾鮑《ほしあわび》、鱶鰭《ふかのひれ》だった。けれども、蝦夷地が拓《ひら》け、蝦夷地と本土とを往来する航路がしっかり定まり、それが北前船と呼ばれるようになったこの頃では、人気の品は昆布だ。

蝦夷に産する昆布を、清国では風土病に効く青物として珍重する。他の物品よりずっと価値が高い。にもかかわらず、薩摩藩は、長らく海産物の取引を禁じられたままだ。

そこへ、薩摩とつながりのある北前船が昆布を積んでいたことが、誤魔化しようのない状況で表沙汰《おもてざた》になった。

幕府としては、薩摩の咎《とが》を大音声で指摘したいところだ。薩摩藩が内緒で運んだ昆布で抜け荷を企てたと、疑いをかけ、この一件を楯《たて》に、薬種を取扱いたいなぞと厚かましいにも程がある、と突き放す。それで、すっきりしゃんと話が片づくわけだ。

ただ、船鑑札があっただけでは弱い。「他の荷を運んだときの鑑札でございます」と言い抜けられたら仕舞いだ。もうひと押し『利尻の昆布で京の料理屋に急ぎで頼まれたもの』という申し立てがでたらめだと示せれば、つまり積荷の昆布が利尻でなければ、船頭もその後ろにいる薩摩も逃げ道を失う。

家斉もそれを囲む幕府のお偉方も、惣介が「利尻昆布ではございません」と答えるのを待っている。それ以外の返事は要らぬどころか、迷惑千万なのだ。

(どうも困ったことになった)

惣介は両手に一枚ずつ昆布を握ったまま、畳に目を落して思案に暮れた。ここで惣介が「利尻にあらず」と偽《いつわ》れば、それが証として使われるのだ。

責めを受けた水主たちが、薩摩藩のために昆布を買い付け運搬していたと白状しても、命を受けて抜け荷の支度を手伝ったと言い出しても、薩摩は知らぬ存ぜぬで通すだろう。水主どもが勝手に企て、薩摩の関わりを印象づけようと口裏を合わせている、と言い抜けるに違いない。

幕府もそれで納得したふりをするだろう。薩摩と事を構えても良いことはない。しばらく重豪の首根っこを押さえておける。それで充分だ。

上は安泰。だが、水主たちは違う。幕府の調べに幾つも嘘をついたことになる。せっかく海で拾った命を、小塚原《こづかっぱら》で散らす羽目になる。

(水主たちにも親がある。妻子《つまこ》を持つ者もいよう)

今夜、家斉の機嫌を取るために空言《そらごと》を並べれば、悔いを千載《せんざい》に残す。

(知恵を絞れば、きっと八方丸く収まる手が見つかる。しばしときを頂戴《ちょうだい》しよう)

そう決めて言葉を探し始めたとき、御鈴廊下の向こうが騒がしくなった。

「あれ、怪しい女が」

と叫ぶ奥女中の声が響いて、家斉がすっくと立ち上がった。

「長局《ながつぼね》ではない。御殿だ」

御錠口のほうから、隼人の張り詰めた声が聞こえた。昆布に気を取られてすっかり忘れていた、例のあやかしだ。

お側衆《そばしゅう》と小姓番らしき足音が、御小座敷に近づいてくる。惣介がこの場に留《とど》まっていては、さすがにまずかろう。

「上様。昆布は暫時《ざんじ》お預かりしたいと存じますが」

惣介の願いに、家斉は一瞬、渋い顔をした。が、すぐに何ごとか思いついた様子で、片頬《かたほお》で笑った。

「許す。桜井雪之丞《さくらいゆきのじょう》にも見せるがよい」

面倒臭い名前が出た。

（三）

足音を忍ばせて御膳所に戻ると、惣介は手早く火の始末をし、下げてきた膳の片づけを大急ぎで済ませた。持ち戻った昆布は一枚ずつ別の紙にしっかりと包《くる》み、御小座敷から戻ったらゆっくり食べるつもりでこしらえておいた塩むすびと一緒に、風呂敷《ふろしき》包みにして背負《しょ》った。腹の虫は泣きたいだけ泣かせておいた。

そうして、辺りに人の気配がないのを見計らって、逃げるように城をあとにした。事の顚末《てんまつ》は、明日の朝、隼人に訊《き》けばいい。御広敷でぐずぐずしていて、あの臭くて気色の悪いあやかしと鉢合わせするのは金輪際《こんりんざい》お断りだ。もちろん、大奥の騒ぎに殺気立った番衆にあれこれ問い糾《ただ》されるのも真っ平。

手間のかかる相手は、雪之丞だけでたくさんではないか。

桜井雪之丞は京の都からやってきた料理人だ。春に作った牡丹餅《ぼたもち》を秋まで戸棚の隅に置き忘れたみたいな奴で、どうやったって食えない。

この難儀の固まりを江戸に送り込んだのは、有栖川宮家《ありすがわのみやけ》だ。宮様は、世継ぎ家慶《いえよし》の正室となった愛娘《まなむすめ》、楽宮喬子《さざのみやたかこ》の息災を願って、腕の良い料理人——言いたくはないが、雪之丞のことだ——を遣わされた。

が、宮家は、其奴《そいつ》と関わり合いになる惣介の安寧までは配慮してくれなかった。御小座敷でどこやら嬉《うれ》しそうに雪之丞の名を口にした家斉も、同じく。

雪之丞の住み処《か》は、三十間堀《さんじっけんぼり》沿いにある。

惣介は家路に背を向け、鍛冶橋御門《かじばしごもん》をくぐった。比丘尼橋《びくに》を渡り、新両替町《しんりょうがえちょう》の大通りを横切り、堀脇の道を紀伊国橋《きのくに》の方向へとぼとぼと。

夜四つ（午後十時前）近くともなれば、昼間はにぎやかな通りも人影まばらで、頼りは中天近くまで昇ってきた大きな月だけだ。手足がかじかむほどの寒さはないが、吹きすぎる風に首のあたりがすうすうする。

（よもや、城からあの不気味な女が追って来たりはしまいが）

まさかと思うそばから背中が粟立《あわ》つようで、惣介は何度も後ろを振り返った。走り出したいのは山々だが、天命に導かれるまま腹や足に蓄えてきたふわふわの肉が、いささか邪魔になる。へたに足を速めたら、相手もその気になって追いついてくるかもしれない。

行く手に現れたらどうする、いきなり肩をつかまれたらなんとする云々《うんぬん》とおびえつつ、さらに、空《す》きっ腹も堪《こら》えつつ歩くうちに、ようやっと雪之丞の家の庭が見えてきた。色づいた柿が月の光に照らされて、可愛らしい影をころんころんと地面に落としている。

長閑《のどか》な景色にほっとしたのも束の間。四角い顔に達磨《だるま》の目鼻を載せたこの家の主《あるじ》は、上がり框《がまち》に仁王立ちで、惣介を迎えた。

「また、こんな夜遅うに訪ねて来はって。はた迷惑っちゅう言葉をご存じやおへんのか」

太い唇をむっつりと結び、大きな目を不機嫌に細め、「心底うんざり」を声と顔つきで描いてみせた態《てい》だ。しっとりと落ち着きのある二階屋にも、約《つづま》やかなたたずまいの庭にもてんでそぐわない、まことに気遣いと慈愛にあふれた歓待ぶりである。

「ようお出《い》でで」も「まあ、お入り」もなしだ。

『また』だのなんだの、責められる筋合いはない。そもそも、明るいうちにしろ、暗くなってからにしろ、この家《や》を訪ねたのは、ふた月前の葉月《はちがつ》半ばただ一度きりだ。

それもおぬしが俺を厄介ごとに巻き込んだ挙句の果ての――」

「いらんことは言わんでよろし。こないしていっつも暗《くろ》うなると会いたなるいうのんは、もしかして惣介はん、わたしに惚《ほ》れたはるんと違いますか。気色の悪い」

「休みなしに馬鹿を言うな。『気色の悪い』はこっちの科白《せりふ》だ。おぬしに惚れるくらいなら、四六の蝦蟇《がま》と欠落《かけおち》してやる。元より、俺も訪ねたくて訪ねたわけじゃない。上様の命で致し方なく――」

「上さんのお言いつけて、ひょっとして昆布くらべのことどすか」

こういう男である。どこから仕入れてくるのか、幕府の密事《みそかごと》をすこぶるよく知っている。

「承知なら話が早い。実は――」

「ちょと待っとくれやす。昆布の件はようわかってます。聞かんでも間に合《お》うてますよって。遠いとこをえらいご苦労はんどした。ほな、またそのうち」

無礼にもいちいちこちらの言うことをさえぎり、雪之丞は奥に向かって声を張り上げた。

「睦月《むつき》。惣介はんはもうお帰りどっせ。お茶は要りまへん」

と、三畳ほどの板の間の先の障子戸が開いて、白萩《しらはぎ》の精のごとき楚々《そそ》とした美女が顔を出した。

「あれ、せっかく支度いたしましたのに。鮎川様、お急ぎなんどすか」

長い睫毛《まつげ》に縁取られたやさしげな目が、驚いた風にこちらを見つめている。紅梅色のふっくらした唇が、がっかりした様子でほんの少し尖《とが》っている。雪之丞の不作法をすべて償《つぐな》って、釣りに千両箱がついてくる心地好《よ》い眺めだ。

睦月は雪之丞の用心棒として京からついて来た。ほっそりした体つきやたおやかな仕草からは思いもよらないが、小太刀の名手でどうやらくノ一であるらしい。気性も雪之丞をやり込めるほど激しい……らしい。が、この際そんなことはどうでもいい。

そして、むろん『お急ぎ』じゃない。

「これは睦月殿。息災でなによりだ。このような刻限にお手を煩わせて面目ない。上様がある物を早急に雪之丞に見せよとの仰せで、万《ばん》やむを得ず——」

「見せよ、て。もしかして昆布、預かってきはったんどすか。ああもう、ほんまに阿呆《あほう》やなあ、惣介はん」

役者絵のように首がくねっと伸びて、大きな顔が顎《あご》からグィッと目の前に出てきた。

「水主は、薩摩藩に頼まれた荷が見つかってしもたよってに、これは利尻のお昆布《こぶ》で――やの、京の料理屋が上方へ出した出見世に急ぎで頼まれまして――やの、嘘で丸めてますのや」

「上つ方は、やはりその考えか」

「上さんも幕府の偉いさん方も、昆布の細かい違いなんかご存じやおへんし。真昆布やろが、日高やろが、気にしはらへん。利尻昆布《こぶ》やない、ちゅうことさえわかったらよろしんどす」

二寸先で、雪之丞の小鼻が得意気にひこひこした。

「そしたら、船の連中がお上に嘘ついたんが丸見えになるし、抜け荷の証にもなりますやろ。なんもお預かりして来《こ》んかって――」

「利尻だ」

「へっ」

頭が出てきたときの倍の速さですっこんだ。ようやく一本取ったかたちだ。

「聞こえなんだのか。水主たちの言い分どおりなのだ。運んでいたのは、り・し・り、だ」

「利尻て、そんな。それやったら……」

珍しく雪之丞が口ごもる。そこへ段取りよく睦月が足洗の桶《おけ》を出してくれて、惣介は胸をはって表の六畳間に通った。

「えらい傷《いた》んでしもうて、可哀想に。海でおぼれかけたんやから、しょうがおへんけど」

雪之丞は、手渡した利尻昆布を矯《た》めつ眇《すが》めつし、指先でそっと撫《な》でて、悲しげな顔になった。この男、食べ物にだけはめっぽう情が深い。その情、ひと欠片《かけら》でもいいから人にも回して欲しい。

「品は落ちているが、元は上物の利尻。間違いなかろう」

悔しいのか、困っているのか。雪之丞はしばらく黙していた。それから惣介をにらんだ。

「出汁《だし》、取ってみな、わかりまへんやろ」

「慎重に構えるならな。しかし、そいつぁ無駄骨だろう。どう見ても――」

言い終える暇はなかった。雪之丞がいきなり立ち上がって、昆布をお供に座敷を出て行ったからだ。惣介にはひょいと横目をくれただけだった。

「台所《だいどこ》へ籠《こ》もらはったんですやろ。気ぃ済むまで出て来はらしまへんよって。のんどり待ったっておくれやす。かんにんどっせ」

睦月が代わりに謝って、茶を淹《い》れてくれた。

待つのは苦にならない。こっちには泣きじゃくる腹の虫と塩むすびがある。美女と差し向かいで食せば、ただの握り飯も値千金――とばかり、勇んで包みを開いたまでは良かった。が、どうも居心地が悪い。塩むすびが上手《うま》く喉《のど》を通らない。

古女房の志織の前ならば、胡坐《あぐら》をかいてがつがつとやっつけるところだ。が、観《かん》音菩薩《のんぼさつ》のごとき花の容《かんばせ》で見つめられていては勝手が違う。行儀よく食べねばと思うから、口の開け方ひとつにも気を遣う。

こと飯に限っては、雀斑《そばかす》を散らした志織の狸顔を眺めて食べるのがあらまほしい。観音菩薩は拝むもので、一緒に膳《ぜん》を囲むに相応《ふさわ》しい相手ではないのだ。

惣介は食いかけの握り飯をつかんだまま、話の接ぎ穂を探して辺りを見回した。座敷にはすでに長火鉢が出て、銅壺《どうこ》に湯が沸いている。

「今宵《こよい》は冷えるゆえ、火鉢はありがたいですな」

「へえ。お陰さんで、よそ様より早めに火ぃも焚《た》いて、安気にさしてもろてます」

睦月がどこやら肩身が狭いという風に、ちょいと首を傾《かた》げた。組屋敷に住まないわがままにしろ、庭付きの二階屋にしろ、長月の火鉢にしろ、西の丸の台所人風情の禄《ろく》では、とてもまかなえない贅沢《ぜいたく》だ。雪之丞は有力な金蔓《かねづる》を握っている。

(そして、彼奴《あやつ》の地獄耳は、その蔓の内を流れる音を聞いているのだ)

睦月がしばしば『頼みのお方』と口にするその人物は、いったい誰だろう。惣介が胸のうちで誰彼《だれかれ》と名を思い浮かべるうちに、雪之丞が台所から戻った。


「どもならんなあ。どうやってみても利尻どすわ」

唇が大筆で書いたへの字みたいになり、眉間《みけん》には川の字の皺《しわ》が寄っている。

差し出された白磁の鉢をのぞくまでもない。すっきりとして気品のある香りは、利尻昆布の出し汁だ。

たとえば、日高昆布の出汁にはこの品格はない。その代わり、こっくりした旨《うま》みを感じさせる濃厚な匂いがする。色も、金色《こんじき》に透きとおる利尻や真昆布とは異なり、日高の出し汁は、町人好みの粋《いき》な江戸茶である。

「それにしても、雪之丞。散々な有り様になった昆布からこれほどの出汁を仕上げるのだから、やはりおぬしの腕は見上げたものよ。せっかくゆえ、澄まし汁をこしらえたらどうだ。馳走《ちそう》になってやってもいいぞ。握り飯もまだ残って――」

「ようまあ、そんな呑気《のんき》なことを。これ、どう始末つけるおつもりですん」

その声音があまりに切羽詰《せっぱつ》まっていたので、あやうく手にした塩むすびを取り落としそうになった。雪之丞が本気で苛立《いらだ》っている。滅多にないことだ。

「始末も何も『利尻でございました』と正直に申し上げれば良かろう。いくら上様がお望みでも、偽りで無辜《むこ》の者を罪に落すなぞできん。武士としてあるまじきことだ」

「またそんな体裁のええことを。証がひとつのうなっただけで、薩摩の荷を積んだ船やない、て言い切れますのか。せっかく渡りに船でそれらしのを捕まえたのに、そうあっさりと諦《あきら》めてよろしんどすか。叩《たた》いたら埃《ほこり》のひとつまみやふたつまみ、出るかもしれまへんのに」

他人のことを、それも幕府の都合を、雪之丞がこれほど気にするのも珍しい。『頼みのお方』から、何が何でも薩摩の尻尾《しっぽ》をつかめと命じられているのかもしれない。

「理屈の通らんことを言うな。咎《とが》のあるなしを、お上の胸三寸で決められては、たまったものじゃない。申し開きの通り利尻昆布を運んでいたなら、真っ当な水主だと判断してやらねば気の毒だろう」

雪之丞はわざとらしく大きなため息を吐いて「睦月、わたしにもお茶を――」と言いかけた。が、睦月の瞳《ひとみ》が冬の夜の星のようにチカリと光ると、あわてた風に惣介のほうを向いて話を変えた。

「あのなあ、惣介はん。詮議《せんぎ》を受けてる弁財船は、陸前石巻《りくぜんいしのまき》の手前、金華山《きんかざん》の見えた辺りで、風にふわぁっと流されたんどっせ。こらあかん、撒土微私《さんどびし》（ハワイ島）まで行ってしまう、て覚悟したとこで英吉利《えげれす》の鯨捕りの船に助けられたんやそうで。な、けったいな話ですやろ」

雪之丞が語ると、船の遭難も、物見遊山に出かけて足を挫《くじ》いたくらいの話に聞こえる。それでも、言わんとすることは伝わった。航路がおかしいのだ。

蝦夷を往き来する北前船の航路はふたつある。

ひとつは、北海（日本海）を進む。これを西回《まわ》り航路と呼ぶ。戻りならば、松前から出羽《でわ》坂田《さかた》、佐渡《さど》の小木《おぎ》、能登《のと》の福浦《ふくら》など、各地で商いをしながら下関《しものせき》まで。そこから瀬戸内を抜けて上方へと至る。

もうひとつは、東海（太平洋）に帆をふくらませて漕《こ》ぎ出す。東回りと称される海路だ。陸奥国《むつのくに》から南部藩《なんぶ》、伊達藩《だて》に面する海を進み、那珂湊《なかみなと》、小湊《こみなと》、銚子《ちょうし》、そして江戸へ。

「秋も終わりがけのこの時季に東回りを選んだのは、怪しいと言えば怪しい」

「『言えば』ちゅうようなかいらしいもんとちゃいますやろ。怪しいが胡散臭《うさんくさ》い着物着て、首ひねってます」

大きな鼻の穴をさらにふくらまして、雪之丞が断言した。

江戸や尾張《おわり》、上方を目指すなら、蝦夷からの戻りは東回りのほうが近い。それを重々承知していても、北前船の船頭たちは西回り航路を採る。

北前船の船主が北海沿岸に居を構えていることや、商い相手の道筋が北海沿いにすでに出来上がっているためもある。が、夏から秋にかけて東海の天候が荒れやすいことも大きい。

特に秋も終わりがけとなると、陸前辺りの東海では大西風《おおにしかぜ》が吹く。この風を水主たちは恐れる。大西風に遭《あ》えば、帆船は西へ西へと流されてしまう。天の機嫌が格別に良くない限り、まず生きては戻れない。海に慣れた船頭なら、誰でも知っていることだ。

件《くだん》の船は、その危険を冒して東海へ漕ぎ出した。上方の見世が急ぎで運んでくれたら金をはずむ、と約束したのかもしれない。だが、薩摩の密事に関わる荷だから、常道の西回りではなく、見張りの目のゆるい東回りを選ばざるを得なかった、とも疑える。

「薩摩の内緒の荷は東回りで運ばれていると、噂はちょくちょく耳にするがなあ。噂だけではどうにもならんだろう。まずは、利尻昆布を頼んだという上方の見世へ聞き合わせて――」

「とうに早馬が出てます。そやけど見世も一枚噛《か》んでたら、口を合わせて寄越《よこ》しますやろ」

言い捨てて、雪之丞は脇に置いていた鉢を取り上げると、中の出汁《だし》を一気に飲み干した。

「やれやれ、けったくそわるい。はんなりと美味《おい》しいお出汁やわ。あんじょう取れたはる。ほんまに腹の立つ」

「おのれの腕の良さに八つ当たりしてどうする」

せっかくなだめてやっても、怒った猫みたいな鼻息が返事だ。その渋っ面を見かねてか、それまで黙って座っていた睦月が膝《ひざ》を進めた。

「ちょっと思いついたんどすけど……なんもそのお船のお昆布《こぶ》やのうても、薩摩藩のどなたかが抜け荷に手ぇ出してる、いう証《あかし》の品が差し出せたらよろしん違いますの」

そのとおりだ。あれやこれやねだってくる重豪を大人しくさせられる仕掛けなら、なんでもよいのだ。水主の首を小塚原に並べる要はない。

「まさしく。島津家の痛いところをわずかでもつかめれば済む。それで上様も安堵《あんど》なされるに違いない」

「ほれやったら、なあ、雪之丞はん。鮎川様を朝次《あさじ》はんにお引き合わせしたらどないですやろ」

雪之丞はくわっと目を剝《む》いてぱかっと口を開けた。鼠《ねずみ》に尻《しり》を嚙まれたてきめん、達磨もかくやとばかり、ぴょんと膝立ちになった。

「睦月、何を考えてますのや。朝次て――」

「いけまへんか」

睦月が鋭く雪之丞をさえぎった。上背のある相手をキッと見上げた顔に、いつもの日溜《ひだ》まりの温かさはない。目の前で氷の礫《つぶて》が弾《はじ》けたような心地で、惣介は我知らずのけぞっていた。

どうやら『朝次』は、ここしばらく二人の間のもめ事の種であるらしい。それも激しいもめ事だ。とても割って入れる雰囲気ではない。

(気づかれんように座敷を出て、こっそり立ち去る手はないものか)

二人がにらみ合う間に、惣介は敷居の傍まで尻でじりじりと後ずさった。

「わたしや睦月の役目は、それと違うやろ」

「そうやろか。雪之丞はんは、深い事情も話さへんまま、鮎川様に下駄《げた》を預けてしまうおつもりやし。うちから見たら、そのやり様は狡《こす》い。何にも知らんと走り回る鮎川様がお気の毒やおへんか」

「あほなことを。知って動くほうが辛《つら》い、ちゅうこともあるやろ。現にもう三人も手にかけて、次こそ──」

雪之丞が言葉を呑《の》んで、ぎろりとこちらを見た。話題の当事者が傍でまごまごしているのにようやく気づいたらしい。同時に、睦月が愛らしく小首を傾げて、にっこり笑いかけてきた。正直、どちらも怖い。

と、やにわに、雪之丞が二度、三度と首を縦に振った。

「まあよろしおす。朝次め、惣介はんの人のええ団子顔に騙《だま》されて、言わんでもええことまでべちゃべちゃしゃべるかもしれへんし。どのみち上手《うま》いこといかんでも、惣介はんのせいになるだけやし」

　聞き捨てならないことを並べながら、ニソっと笑う。

「睦月の好きにしたらよろし。明日《あした》の朝、惣介はんを朝次のとこへお連れしなはれ。ほてから『雪之丞はんの言うとおりやった。しもたことした』て、げんなりしたらええ」

「勝手に決めるな。明朝は隼人が訪ねてくるゆえ――」

　惣介の反論を右から左へ聞き流して、雪之丞はニヤニヤ顔の上にもうひとつニヤを重ねた。

「ほなら、惣介はん。今日はこれで。あとはすっくりおまかせしますよって。薩摩のわるさの尻尾《しっぽ》の先っぽの欠片《かけら》、あんじょう見つけておくれやす」

　例によって例のごとく、雪之丞お得意の丸投げだ、と思う間《ま》に、雪之丞は家の外へと惣介を追い立てた。そうしておいて、ピシャリと表戸を閉めると、座敷にいたときとは打って変わった生真面目な表情で、惣介の耳元に口を寄せた。

「睦月のしおらしげな顔かたちに、たらされたらあきまへん。あれは都の女どす。小太刀は使えても、武家の慣《ならい》いうもんがわかってない。諦《あきら》めも悪い」

独り合点でうなずいたのが、あやかしと五十歩百歩に薄気味悪い。おぬしに武家の何がわかっているのだ、と質《ただ》したくなる。

（朝次とはいったい何者だ。雪之丞が絡むといつもろくな目に遭わんが……）

京橋川《きょうばしがわ》のほとりを歩むうち、どんどん気が滅入《めい》ってきた。雪之丞の家に塩むすびの残りを忘れたことを思い出したのは、水戸《みと》様の長い長い白壁が見えてからだった。

（四）

「昨夜《ゆうべ》はひと騒動あって、一睡もさせてもらえなんだ。大奥のお歴々も、朝餉《あさげ》を前に舟をこいでいるに違いない」

言いもって、隼人は大あくびをした。惣介の屋敷の新しいほうの離れに腰を落ち着けてから、これで四度目だ。開け放した戸口から吹き入ってくる清《さや》かな秋の風も、眠気を払ってはくれないらしい。

「ご安心なされ。それがしの味噌汁《みそしる》を飲めば、しゃきりと目が覚めますぞ」

声の手前で、三つ重ねた膳《ぜん》が危なっかしく揺れている。

「主水《もんど》。しゃべるか運ぶかどっちかにしろ。膳が崩れたら、せっかくの朝飯がおじやんになる」

とても任せておけずに、惣介は膳を迎えに出た。ひとつひとつ炉端に据えると、案の定、椀《わん》の中で汁が大波を打って滴《しずく》があちこちに飛んでいる。末沢《すえさわ》主水は面目なげに肩をすぼめて、青鈍色《あおにびいろ》の瞳《ひとみ》をぱちぱちさせた。

本名をもじって侍らしく名乗っているが、主水は英吉利人《えげれすじん》だ。諸般《しょはん》の事情があって、今は惣介を指南役としてこの離れに住み、料理の修業をしている。決して身を隠しているのでもお尋ね者でもない。れっきとした家斉からの預かりものだ。

だが残念なことに、一年半に及ぶ奮闘の甲斐《かい》もなく、主水の料理の腕は一向に上達する気配がない。今日も膳の上の朝飯を作ったのは、今しも軽やかな音を立てて塩押しにした漬菜《つけな》を刻んでいるふみである。主水は、せいぜい米を研《と》ぎ、鰹節《かつおぶし》を削り、大根を拍子に切ったくらいのもんだろう。

飯の水加減火加減をしたのも、出汁を取り味噌の分量を塩梅《あんばい》したのも、魳《かます》の干物をふっくら焼き上げたのも、ふみだ。

ふみもまた諸々《もろもろ》の込み入ったわけがあって、主水と同じ頃に惣介の屋敷に漂い着いた。五歳（現在の四歳）の倅《せがれ》、伝吉《でんきち》と共に、門の傍の古いほうの離れに住んでいる。二十歳を超えたばかりだが、たいそう料理が上手い。で、御用繁多《ごようはんた》な――つもりの――惣介に代わって、主水の料理指南を務めている。

そんなこんなだから、主水が『それがしの味噌汁』なぞと大口《おおくち》を叩《たた》くのは、いけずうずうしいが髷《まげ》を結っているようなもので……と、そこまで考えたところで、惣介の頭のうちで、昨夜のあやかしと主水の見た目が重なった。思わずぴくりと身震いする。

(似ておる。骨の作りも、髪の様子も)

主水の目は額の下にごつごつと穴を掘って埋めたごとくに落ち窪《くぼ》み、髪はほうじ茶のような色をしている。あのあやかし女の髪も、海辺で長く暮らした者みたいに赤茶けていた。後ろ姿しか見ていないが、もし振り返ったならば、主水のように鼻がツンとつきだして、代わりに両眼は穴の中だった気がする。

(あれは外《と》つ国の女か)

もしそうなら、千畳敷の古狸や九本の尾をひらひらさせた狐が化けた、とは考えられなくなる。たとえ百年生きていても、この国の狐《こ》狸《り》は異国の女には出会ったことがなかろう。見たことも聞いたこともない代物には、変化《へんげ》の仕様がない。

「どうした惣介。汁も飯も干物も冷めてしまうぞ。おぬしが食い物を目の前にして箸《はし》も取らんとは……いかんな。すぐに医者を呼んでやる。まずは横になれ」

隼人が乗りかけていた白河夜船から降りて、案ずる声音になった。

昨夜といい今朝といい、あやかしのせいで、やたら医者を呼ばれそうになる。

「やかましい。俺とて、ときには口より頭が忙しいこともある。余計な世話を焼くな。それより、御殿のあやかし騒動がどうなったかを聞かせてくれ」

「おぬし、やはりおかしいぞ。いつもなら俺が相談を持ちかけても、大奥の話なぞ聞きたくない、と言うくせに。熱でも――」

そこまでひと息にしゃべってから、隼人はきゅっと口をつぐみ、目の玉だけ動かして、ふみの様子をうかがい主水の顔色を見た。大奥の出来事は外では一切他言無用。その法度を思い出したのだ。

で、ふたりを煙《けむ》に巻くつもりか、猛然と飯をかき込み、飯と一緒に惣介の頼みを嚙《か》み締めた結果、キッとこっちをにらみ据えた。

「おい、惣介。さっき『あやかし騒動』と言うたな。どこかで、御殿にあやかしが出たのなんのと評判になっているのか」

「ふん。やっとそこに気づいたか。なんの。人伝《ひとづて》の話じゃあない。異形の女が閉まったままの杉戸を通り抜けて御鈴廊下へと消えるのを、この目で見たのさ。『とりいずるてん　まこうむ』と呪文《じゅもん》も唱えておった」

中奥で見聞きしたことだ。日本橋《にほんばし》の真ん中でしゃべったって平気だ。上役にばれたら叱られるかもしれないが、咎《とが》にはならない。

女の姿形や声の調子はくわしく語って聞かせた。が、恐ろしさのあまり膳を落としそうになったことも、周章狼狽《しゅうしょうろうばい》して御小座敷に逃げ込んだことも、打ち明ける義理はない。

惣介は胸を張り、隼人の顔から堂々と目をそらし、つけ加えた。

「その場で取り抑えれば良かったが、上様に差し上げる大事の膳を運んでいたゆえなぁ。動きが取れず惜しいことをした。忠義と意気との板挟みよ。辛《つら》いのう。俺が思うにあれは――」

「着ている物や髪の色からして、その者は我が祖国の女のようですぞ。それもなかなかに位の高い女人のようだ。この国でたとえるならば、大名か石高の高いお旗本の姫君ですな」

いいところを主水が脇からかっさらった。

「それがしが故国におりました頃に、上つ方の姫の間で、白い〈まずれん〉を重ねた〈えむぱや　でゅれす〉というものが流行《はや》っておりました。お師匠様が話された着物の様子が、その〈えむぱや　でゅれす〉にそっくりです」

惣介に口をはさむ間を与えず、主水は大得意だ。

「お師匠様が耳にされたのも、呪文ではござりますまい。おそらく〈ぷりーず　るぃたん　ま　こーむ〉と言うたのです」

人の手柄を横取りしただけで足りず、おのれの知識をひけらかし、惣介の間違いを無遠慮に指摘する。謙譲の美徳を知らぬ奴だ。肌の白い者たちが皆このようなら、とてもつき合いきれない。

「〈ぷりーず　るいたん　まこーむ〉だろうが『とりいず　るてん　まこうむ』だろうが、意味のわからん呪文には変わりなかろう」

「いえいえ、お師匠様。もし女が〈ぷりーず　るぃたん　ま　こーむ〉とつぶやいたなら、それは故国の言葉で『わたしの櫛《くし》を返して下さいまし』と頼んでおったのです。意味があるのでござる」

面白くない。「英吉利の言葉などわからんのだから、呪文だと思い込んで当然だ」と自分をかばってやりたくなる。『松連《まつれん》』だか『不味《まず》い蓮根《れんこん》』だが『縁早《えんはや》』だか『どすえ』だか知ったこっちゃない。

けれど、悔しさ気恥ずかしさに目をつぶれば、主水の言うことは筋が通っている。誰かに櫛を取られたのだとすれば、さんばら髪でいたのもうなずける。

異国の船が諸藩の岸近くをうろついたり、異人が勝手に上陸したり、上がり込んだだけでは済まずに薪や水をくれと言うて寄越したり――それだけでも厄介だというのに、あやかしまでやって来て、許しも得ずに城に入り込む。やはり、肌の生白い外つ国の者どもは、どうにも厚かましくて手に負えない。その見本が主水だ。

当の主水は、惣介が匙《さじ》を投げたのを知る由もなく、機嫌良く箸をふりふり講釈を垂れている。

「女が履いていたのは、足袋《たび》ではなく繻子《しゅす》で作った〈しゅー〉でしょう。しかも赤い〈しゅー〉であったとなると――」

「えーい、何が『しゅしゅでちゅくったしゅーれしょー』だ。幼子でもあるまいに。意味が通ずるように話すがいい」

苛立《いらだ》ちのあまり知らぬ間に口が動いた、と勘違いしかけた。が、主水を叱ったのは隼人だった。長い間、親馬鹿を患った結果、やたら幼児の口真似が上手《うま》くなっていて可笑《おか》しい。それでも剣幕がすさまじかったから、主水は亀のごとく首をすくめて箸を膳《ぜん》に下ろした。

「ご、ご無礼つかまつった。〈しゅー〉はこの国で履く草履や下駄《げた》のようなものでござって、故国の者たちは、家の中でもこれを履いております。獣の皮、木、布と様々な材料で作りますが、位の高いご婦人は、繻子で縫った〈しゅー〉を用いることが多いのです。そうして――」

主水は世辞を使う風に、隼人の仏頂面を上目遣いにうかがった。上背は主水のほうが高いのだが、主水の足がやたらと長いので、座ると二人の頭はほぼ横に並ぶ。その頭をさらに低くして、それでもしゃべるのを止めない。なかなか勇猛果敢なものだ。

「それがしも、この国のお方があやかしを狐狸の仕業と考えておられるのは承知でございますけれどもね。故国では狐も狸も化けません。あやかしはあやかし。そうして、女のあやかしは赤い〈しゅー〉を履いているのが決まりでして……赤い〈しゅー〉の女は、御殿にも現れたのでございますか」

「大奥の内に何が現れたかなどと。問われても、軽々に教えることはできん」

隼人はむっつり顔のまま腕を組んだ。現れたと言うからには、御殿にあの女が出たのだ。実にわかりやすい奴だ。化けることもようしない英吉利の狐狸と同様、抜作である。

「隼人、せっかく主水が事を簡単にしてくれたのだ。礼ぐらい言え。あやかしなら、もう寝もやらずに曲者《くせもの》を捜し回らんでも済む。どうせ大奥なぞ、生きたあやかしと死んだあやかしが押し合いへし合い暮らしているような場所だ。外つ国のあやかし一人くらい、増えたってどうってことはあるまい」

「たわけ。そうあっさりと片づくか。奥女中が慣れっこになった、馴染《なじ》みの化生とは違うのだ。とんでもない臭気を発する。派手な姿で場所を定めずに歩き回る。ぶつぶつと何か言う」

なるほど。隼人もあれを見、あれを嗅いだのだ。

「放ったままでは、宿直のたびに悲鳴に起こされて、御殿や長局《ながつぼね》で寝ずの番をする羽目になる。上様が奥入りの際に御前《おんまえ》に現れたなら、警護の面目が——」

「差し出口は承知どすけど、なあ、片桐様。あやかしが櫛を返して欲しいて言うてはんのやったら、見つけて渡したげたら納得して消えるのと違いますやろか」

戸口で、錦秋《きんしゅう》の林を渡ってきたかのような涼しい声がした。睦月だ。寝ぼけた隼人では気づけないほどに気配を消して、大方の話を聞いていたらしい。しかも、立聞きを釈明するつもりはなさそうだ。

「あやかしが大奥にきたんやったら、その櫛は大奥のどっかにあるに違いおへん。ほいで、櫛、言うたかて、英吉利のひめさんが捜してはるんやから、この国のやなしに唐物やろし」

「然《しか》り。然り。故国のあやかしは、物に憑《つ》き場所に憑きます。御殿のあやかしも、はるか海の彼方《かなた》から櫛に憑いてきたのでござろう。となれば、ここしばらくのうちに、取引されて、大奥に持ち込まれた唐物の櫛を捜せばよいのでござる」

主水が尻馬《しりうま》に乗って、御殿のあやかしはすっかり白日の下にさらされた。隼人がほうと諦めのため息をつく。

「睦月殿のお考えには一理ある。しかし、たとえ唐物でも、大奥にある櫛は五枚、十枚ではきかん。千、二千といる奥女中の誰が、いつ唐物の櫛を誂《あつら》えたかなぞ、わけも告げずに調べれば散々に文句を喰《く》らう。せめてどのような櫛かわからぬことには——」

「それどすのやけど。これから鮎川様をお引き合わせするつもりの朝次はんは、唐物のことをよう知ってはりますのや。なんぞ手がかりが見つかるかもしれまへん。なんやったら、片桐様もご一緒されまへんか」

胸に引っ掛かるものがあった。昨日、雪之丞に耳打ちされた科白が、ひょいと脳裏をよぎる——『睦月のしおらしげな顔かたちに、たらされたらあきまへん』

(俺だけでは足りぬ、とばかりに隼人も朝次に会わせようとする。『薩摩のわるさの尻尾の先っぽの欠片』を見つける仕事に、隼人を巻き込みたがる。その意図は那《な》

辺《へん》にあるのか）

だいたい、どうやってあやかしに櫛を返すつもりなのか。そもそも、あやかしの憑いた櫛が薩摩の抜け荷の証であったなら、返すなど論外ではないか。

惣介の抱いた危惧《きぐ》が伝わるはずもない。隼人は観音菩薩《ぼさつ》が垂らした救いの糸に、あっさりと飛びついた。

「それはありがたい。早速ご案内いただこう」

二つ返事とともに大小を腰に差し、こちらの都合を考えもせず、さっさと三和土《たたき》に下りかかる。

「待て待て。俺はまだ飯を食い終えておらん。せめてあと二膳は食わねば――」

言い終える前に、隼人の目が三角になった。これ以上逆らったら、今度は拳《こぶし》をお見舞いされそうだ。仕方がないから、汁かけ飯で一膳だけかっ込んで諦めた。

「鉄砲洲《てっぽうず》まで行かんなりまへんよって、鮎川様がお辛《つら》ないように船を誂えました。ええお天気やし、大川《おおかわ》の波と遊ぶのんもよろしですやろ」

疑う気持で眺めても、睦月はやはり美しい。その美しさに釣り合った惚《ほ》れ惚《ぼ》れするような心遣いであった。

組屋敷の総門を出て歩き出せば、瑞々《みずみず》しく晴れた空はどこまでも高い。江戸川《えどがわ》の流れは秋の陽射しとちらちら戯れ、睦月の雇った小ぎれいな屋根船が、若い船頭とともにふわふわ上下に揺れていた。

屋根船に船頭がひとりつけば三百文は下らない。睦月に払わせるのは気が引ける。船に向かって案内されながら、惣介は懐に手をやった。

「雪之丞はんから、きっちりもろうてきましたよって」

前を行く睦月が、まるで髷《まげ》の後ろに目があるかのようにつぶやいた。本当のところがどうかはわからないが、昨夜《ゆうべ》の睦月の剣幕を思い出せば、雪之丞がしぶしぶ巾着《きんちゃく》を取り出す姿も目に浮かぶ。船頭にしても、むくつけき侍にあれこれ指図されるより、妙齢の美女に酒手をはずんでもらうほうが嬉《うれ》しかろう。

(雪之丞もたまには懐を痛めるがいい)

そう決め込んで、隼人とふたり船端《ふなばた》に足をかけたところで、ひんやり乾いた川風に骸《むくろ》の臭いが乗ってきた。見れば、ほんの少し下流の岸辺に人だかりができている。

「また辻斬《つじ》りらしいですぜ。長月にへぇって、これで三人目だ」

何ぞと訊《き》く前に、船頭が教えてくれた。昔はともかく、この頃の江戸市中では、辻斬りなど絶えて聞かなかった話だ。

「どれも斬り殺しちゃあ川に蹴込《けこ》むやり口でしてね。前のふたりも、川の曲がりっ角にしっかかってやした。船頭連中は、こうつづくんじゃそのうちこちとらも仏に出っくわしちまいそうだって、みな嫌がってまさぁ」

外堀から流れ出す江戸川は、立慶橋《りゆうけい》をくぐって中《なか》ノ橋へ向かう途中で、大きく左に湾曲している。人垣もちょうどその辺りにできていた。

「なあ、隼人。同じ下手人が大川へ流す心づもりで蹴落しているなら、三度もしくじるのはずいぶん間抜けだと思わんか。一度で懲りて、次からはもっと川下で待ち伏せるなり、真っ直ぐで太い川を選ぶなり、ちったぁ考えそうなもんだが」

「尋常な心持でしでかすことではないからな。斬り口を見せびらかしたいのやもしれんし、斬りたい相手が決まっているのやも……」

隼人は何を思ってか、応《こた》えかけたのを中途でやめた。

「ちと様子を見てこよう」

言い捨てて人だかりに向かって駆け出して行く。止める間もあらばこそ、である。

勝手者の代わりに詫《わ》びを入れようと振り向くと、そこにもまた、何を思ってか、な姿があった。睦月と船頭が肩を並べて、隼人の背中を見守っている。期するところがある風に息を呑《の》んで、四つの眼が鋭く光っていた。二人して、隼人が辻斬り騒ぎに首を突っ込むのを狙っていたかのように。

（考えてみれば、船がこの場所に舫《もや》ってあったのが、そもそもおかしい）

川の角は二つの辻番にはさまれている。船頭がこの場所に船を着け、睦月が諏訪町に向かって歩き出したときには、すでに骸は見つかっていたと思われる。真っ当な船頭なら、いつもの睦月なら、船をもっと川上に動かして、不穏な騒動に惣介たちが気づかぬよう心を配ったはずだ。つまり、わざと骸の近くに船をつないだのだ。

（わからんな。それで隼人に何をさせたい）

隼人は剣の手練《てだれ》だ。亡骸《なきがら》を間近に検分すれば、下手人の腕の良し悪しや癖、使われた剣の研ぎや手入れの具合、等々、幾つも読み取るに違いない。もし、ともに斬り合いの修羅をくぐり抜けた大鷹や睦月が手を下した骸だったなら、それとわかるほどに——。

（馬鹿馬鹿しい）

惣介はおのれの思いつきにげんなりした。大鷹も睦月もどこやら得体の知れぬところはあるけれど、わけもなく人を斬り殺す残忍な遊戯に手を染めたりはしない。

睦月の魂胆《こんたん》は読めない。が、この素人狂言、朝次に惣介と隼人を引き合わせる真の狙いにつながっているはずだ。おそらくは『薩摩のわるさ』にも。

「鮎川様、中に雪之丞はんのこしらえたお重があります。すんまへんけど、それでも召し上がりながら待っておくれやす。片桐様が戻らはるまで、しばらくかかりますやろし」

難しい顔になった惣介に気づいて、睦月が小春日和の笑みをくれた。ここで問い詰めても、正直な答えは得られまい。手持ちの駒がないまま頭をひねっても、わからないことはわからない。それなら、五分目の腹を十分に満たしたほうがいい。ましてや、雪之丞の作った重詰めとなれば、逃す手はない。

四半刻《しはんとき》（約三十分）ほどして、隼人が渋い顔で戻って来た。

睦月の耳のあるところで、首尾を訊くのは業腹だ。別の話がいい。昨夜、御膳所でこぼしかけていた煩《わずら》いごと——宿直明けに諏訪町まで足を運んだ元々の用件を。それが無理なら、せめて雪之丞の幕の内の味わい方だけでも。

だが、見返ったときには、隼人は手枕で船底に長々と伸びていた。目蓋《まぶた》がぴったり閉じて、すうすうと寝息まで聞こえる。道理で、船で行く話が出たときに、歩くのなんのとぐずらなかったわけだ。よほど草臥《くたび》れている。

（五）

鉄砲洲川の手前で船を下りた。沙魚《はぜ》釣りに興じる衆を横目に、本湊《ほんみなと》町湊河岸《ちょうみなとがし》を少し歩いた。路《みち》沿いには炭問屋の蔵が並び、町屋も長屋もわずかしかない。

すでに睦月は胡乱《うろん》である。船頭さえも腹に一物らしい。となれば、朝次にも何か裏があるのは確実だ。惣介の足は重かった。

隼人は船が着いた途端にぱちりと目を開けたが、江戸川の人垣で見たことも、それ以外のことも話さないまま、袂《たもと》に両手を突っ込んで黙々と歩んでいる。二度、声をかけたが、聞こえないふりをされた。睦月は睦月で、隼人に「どうどした」と訊きもしない。

三人とも押し黙ったままたどり着いた朝次の家は、湊河岸を一本中に入った南西の角にあった。

三和土に小上がりがつづく元は商いのために建てられた二階屋で、軒も敷居も潮風にやられて傷んでいた。あとから誂えたらしい弁柄の格子戸だけが新しい。この戸が開け放してあって、火の入れてない長火鉢の向こうに、細身ながら肩のいかつい男が座っていた。

家のずいぶん手前から、反魂丹《はんごんたん》を主とする越中《えっちゅう》富山の置き薬の臭いが、惣介の鼻に届いていた。中に入ると、痛くない腹も治りそうなほど、やたら反魂丹臭い。

小上がりの奥、男が背にしている壁に作りつけの棚があって、達磨の絵を描いた置き薬を仕舞う大きな紙の袋や、各種の薬を入れる上袋や、得意先への土産にする錦絵《にしきえ》が、それぞれ整頓《せいとん》して置いてある。

訊くまでもなく、朝次が富山から来る薬売りの世話をしているのだとわかった。

富山の薬売りは、年に一度、夏の初めに、大坂《おおさか》周りの海路で江戸にやって来る。薬を置いている家々を回って、使った分の薬代を勘定し、新しい薬を達磨の柄の薬入れに足す。使った分だけ支払えば良いというのが喜ばれて、この商いは昨今すっかり根を下ろした。市中の町屋の鴨居《かもい》には、たいてい達磨の袋がぶら下がっている。

郷里を出るときに用心して支度はするだろう。それでも、いざ江戸に来てみれば、あちこちの家で達磨の袋が破れていたり、薬の上袋を誤って汚したり、土産が足りなくなったり、と不測の事態は起きる。薬売りの細かい仕来《しきた》りは知らないが、江戸に世話役がいれば重宝に違いない。

「朝次はん。おはようさんどす。昨夜お話ししたお武家様をお連れしました。よろしゅう、おたの申します」

睦月の挨拶《あいさつ》を受け、朝次はするすると長火鉢の前まで膝行《いざ》ってきた。居ずまいを正して丁寧に辞儀をする。上げた顔をあらためて見れば、色白、中高《なかだか》でやや面長のいわゆる瓜実顔《うりざねがお》で、芝居小屋の女形《おやま》が務まりそうだ。三十路《みそじ》を三つ四つ過ぎたところだろう。

鼻筋が通って、唇はやや薄く小ぶりながら、どっしりと据えた腹をしめすように引き締まっていた。地蔵眉《まゆ》の下で、下目蓋の厚い黒目勝ちな目が笑んでいる。目尻《めじり》に二本ずつ笑い皺《しわ》ができていた。

「何か、唐物をお捜しでございますとか。必ずとはお約束いたしかねますが、少しはお役に立てるやもしれません」

惣介と隼人を上座に据え自分は下座に控えて、朝次は穏やかな声で口を切った。

「ご覧のとおり、手前は富山の薬売りの世話をいたしております。ご存じのように置き薬は、清国の生薬《きぐすり》を使うて作りますから、富山の薬問屋は長崎と縁が深い。長崎に出入りすれば、唐物を手にすることも多々ございまして」

「なるほど。その唐物が、おぬしのところに集まって来るわけか」

合点が行って、惣介は膝《ひざ》を乗り出した。

富山の商人《あきんど》は、北前船が蝦夷で買い付けてきた昆布を長崎に運び、清国から来た薬種と交換して戻る。その薬種で作った薬を、この国の隅から隅まで売りに歩く。

長崎で売り買いされる交易品は、無論、薬種ばかりではない。清から阿蘭陀《おらんだ》から、様々な唐物が長崎に集まって来る。それゆえ、朝次の言うとおり、富山の商人には薬種以外の唐物を手に入れる機会がいくらもある。それらを高く売りたいなら、分《ぶ》限者《げんしゃ》（金持ち）がひしめき、お上の商いへの目配りが甘い、上方か江戸だろう。

富山藩にとって、天領にも諸藩にも入り込んで商いをする薬売りは、貴重な収入源だ。その行儀の良し悪しは直《じか》に藩の評判にも懐にも響く。当然、藩からの取り仕切りは厳しい。

その監視をかいくぐって小遣い稼ぎを企《たくら》むなら、小さくて目立たないが珍しい唐物をこっそり江戸に持ち込むのが良かろう。内緒の品を薬と一緒に自分が商うのは、危ない橋だ。そこを、朝次に売りさばいてもらえば、安全に手間も暇も省いて金にできる。で、朝次は否応《いやおう》なく唐物に詳しくなる。おそらくそんな寸法だ。

（朝次の預かる物の中に薩摩の抜け荷の品が混じっていたなら、それを朝次が認めて素直に渡してくれたなら、昆布くらべの一件は上手《うま》く収まる）

期待に胸がふくらむ。惣介は、睦月や睦月が間を取り持った朝次に抱いていた不審を、ひととき忘れた。あやかしの櫛のことも、棚上げになった。

「捜している唐物というのは、実は――」

「何を企んでいるのか知らんが、嘘の皮でくるんでも尻尾は隠せんぞ。見くびってもらっては困る」

せっかく進めかけた話に、隼人が横槍《よこやり》を入れた。半寝ぼけで座っているものとばかり思っていたが、あに図らんや。唇をむうと突きだし、眼を仁王のごとくむいて、朝次を睨《ね》めている。

「思いもかけぬことを仰《おっ》しゃる。町人風情がお武家様を見くびるなどとは、滅相もないことでございます。手前が何かお気に障ることを申し上げましたでしょうか」

頭を低くして恐れ入ったようなことを並べているが、朝次に怯《ひる》んだ様子はなかった。むしろ、大小を脇に置いた隼人を相手に、下手に出るのをどこか楽しんでいる。

（此奴《こやつ》、ただの鼠じゃあない）

雪之丞がちゃらんぽらんに予想した『人のええ団子顔に騙《だま》されて、言わんでもええことまでべちゃべちゃしゃべる』なんぞ、決してやりそうもない。

（町人に身をやつしてはいるが、もしやして――）

と惣介が考える暇に、隼人が答えを出した。

「おぬし、薩摩の侍だな。掌《て》に示現流の使い手独特のたこがある」

朝次が真顔になった。こちらをじっと見据えて、口は閉じたままだ。返答を聞かずとも、隼人の指摘は当たりだ。両拳《こぶし》を隠すように握り締めたのが、何よりの証である。

（はて。どのような縁で、薩摩の侍が富山の薬売りの世話をしておるのやら）

訳あって島津家での勤めをしくじり、江戸に流れついて町人になったのか。それとも……いや待て待て。薩摩に富山の薬、とくれば薬種。昆布……北前船。頭の中で五つの言葉がつらなって、ひとつの形ができ上がりかける。そこへ、隼人がいきなり声を張り上げた。

「睦月殿もだ。どのような心積りでこの茶番を仕組まれた。お聞かせ願いたい」

観音菩薩《ぼさつ》に向かって何を無礼な、と仰天した拍子に、頭の中で細々とつながりかけていた思案の糸筋がふっつりと切れた。

だしぬけに大きな声を出すな。せっかくの思いつきが消えてしもうたぞ。睦月殿も驚いたろう。気の毒に。とかなんとか叱ってやりたかったが、隼人が鬼みたいな顔をしているからやめにした。

そもそも隼人は美女にも容赦ない。伊達《だて》や酔狂で、べっぴんの誉れ高いご新造と十年以上も夫婦喧嘩《げんか》を重ねてはおらんのである。美人にもずけずけとものを言う。

「茶番て。なんのことどすやろ。わたしはただ、ちょっとでもお役に立てたら、と思て――」

「そのお気持が全くなかったとは言わん。だが、朝次が身分を偽《いつわ》っているのはご承知だったはず。承知でいながら、俺にも惣介にも黙っていた。それは不実でござろう。加えて睦月殿は、江戸川の辻《つじ》斬り騒ぎで俺を手玉に取った。うかうかと乗せられたおのれが情けない。知らぬ顔で船に残った惣介のほうがよほど賢い」

先刻、川端で惣介が抱いた疑念は、やはり思い過ごしではなかった。隼人はさらにはっきりと怪しい点を見つけたのだ。

「おい。俺のどこが賢かったのか、きちんと話して聞かせろ。川で何を見た」

「やかましい。褒めてやったのだから、黙って喜んでいるがいい」

確かに、隼人から『賢い』と褒められたのは初めてだ。けれどわけがわからぬままでは、素直に喜べない。おまけに、睦月からは冷え冷えとした怒りが伝わってくる。秋冷《しゅうれい》の空から降る月光のごとく、冷たく鋭い怒りだ。元々白い肌がさらに青ざめて、菩薩転じて夜叉《やしゃ》。怖い。

「えらい言われようどす。わたしがどうやって、片桐様をおじゃみにして遊びましたやろ。教《おせ》てもらえますか」

　低く静かな声音だった。いよいよますます怖い。

「引き上げられた骸が斬られたのは、昨夜《ゆうべ》ではない。ふた晩前には死人になっていただろう。かと言うて、死んでずっと川を流れていたのでもない。投げ込まれたのは、せいぜい今日の夜明け前だ。少し見ればわかる。町方もすでに気づいていた」

　隼人は息の間、言葉を切って、睦月をにらみ据えた。

「となると、あの刻限あの場所に骸が現れたのも、騒ぎが目に入るへだたりで雇った船が舫《もや》ってあったのも、たまたまではあるまい。睦月殿と船頭が仕込んだことだ。俺に何を気づかせたかった、それもすでにわかっている。腹を立てるのも道理だろう」

　何に気づいたのだ――と惣介が訊《き》く前に、朝次が声を上げて笑いだした。わざとらしさはない。本当に面白がっている風だった。

「これは睦月さんの負けでございますね。せっかくお運びいただいたのです。手前もお役に立ちたかったが、どうやら、そうもいかぬようだ」

「それはいけまへん、朝次はん。わたしの勝ち負けはどうでもよろしおす。けど、おふたりに、いえ、せめて片桐様にだけでも、ことの次第をお話ししておくれやす。おたのもぉします」

突き刺さるように隼人に向かっていた怒りが、一瞬のうちにどこかに仕舞い込まれた。代わりに現れたのは、兄を案じる妹のようなかき口説きだ。四年前、同じ哀切な響きを聞いた。あのとき睦月は、ひたむきに雪之丞の命を守ろうとしていた。

「そうせんと、このままでは、いつ朝次はんとあの方が命のやり取りを――」

「いや、ことの次第なぞ訊かんでも良い」

隼人がまた大声を出して、睦月を黙らせた。

「それより、せっかく役に立ちたいと言うてくれたのだ。ぜひ頼もう」

有無を言わせぬ冷たい目差《まなざし》で睦月を射竦《いすく》め、そのまま朝次に目をやる。

「知りたいのは、ここ幾日かの間に江戸に入ってきた唐物の櫛《くし》のことだ。どうやら元は英吉利の姫君の持ち物らしい。色も形もわからんが、十日かそこらのうちに、と限ればそう幾つもないだろう。どのような経緯で江戸に持ち込まれ、今、誰の手にあるか。調べてもらえるとありがたい。その櫛が、城中で厄介を引き起こしておるのでな」

途端に、笑んでいた朝次の頬が引きつった。何か言いかけて言葉を呑《の》み、顔がみるみる青ざめて裏葉色《うらはいろ》に見えるまでになった。隼人はその様子を眺めて、いぶかしげに眉《まゆ》をひそめた。心算《つもり》があって頼みを口にしたのではなさそうだ。が、朝次には心当たりがあった。

「思い当たるふしがあるのか」

問いかけた惣介には、首を強く横に振っただけで、朝次は隼人に向き直った。

「厄介と申しますと、どのような」

「それは話せん。おぬしに正体を隠すわけがあるように、こっちにも公にできんことはある。俺はもうここに来る気はない。何かわかったら睦月殿に知らせてくれ」

言い捨てて、隼人は朝次の返事も待たずに三和土に下りた。夜叉になった睦月とふたりで置き去りにされるのはかなわない。惣介も慌ててあとにつづいた。隼人は船のほうへは戻らず、大通りを左に折れて八丁堀《はっちょうぼり》方面へ進む構えだ。

せっかく船が待っているのに、歩くなど愚の骨頂だ。船には雪之丞の作った弁当がもう一人前ある。隼人が食べ逃すのも不憫《ふびん》だ。もし隼人が「食わん」と言ってくれれば——たぶん言うから、惣介が頂戴《ちょうだい》できる。

追いかけようと身構えたとき、背後から「ともさん、一昨日《おととい》またひとり亡くなられたと聞きましたが」と早口にしゃべる声が耳に届いた。振り返ると、折しも、朝次の家の弁柄格子を、ひとりの侍が急ぎ足でぐるところだ。

（朝次でも朝次さんでもなく、ともさんと呼んだな）

やはり朝次は侍だ。本当の名は朝次《ともつぐ》か朝次《ともつぎ》か、どちらかだろう。

訪ねて来たほうの羽織が、大川からの潮を含んだ風にひるがえる。年季の入った浅葱《あさぎ》色の裏地があらわになる。声の主は、口の悪い江戸っ子が、〈浅黄裏《あさぎうら》〉と呼んで虚仮《こけ》にする、諸藩の江戸《えど》勤番《きんばん》武士だ。惣介より頭ひとつ小さい小柄な男だが、それより何より、驚くほど痩《や》せていた。

まだ二十歳を超えたばかりだろうが、活《い》きがいいとはお世辞にも言いかねる。ころんと丸い目も、ちょいとつまみ出したような鼻も、大きくて角の上がった口も愛《あい》嬌《きょう》があって、ぽっちゃりしていればいたずら盛りの子犬のように可愛らしかろう。それが、頬はゲッソリえぐれて、顔は土気色。袂《たもと》から突きだした腕は骨と皮で、首には筋が立ち喉仏《のどぼとけ》が鋭く突きだしている。三度の飯をきちんと食べていないか、よほど重い病を抱えているのか。秋湿《あきじめ》りに濡《ぬ》れた捨て犬みたいな有り様だ。

「あのお人は、佐倉《さくら》の平野順平《ひらのじゅんぺい》様です」

無言のまま後ろについていた睦月が不意に口を開いて、惣介はぎくりとして飛び上がりそうになった。

「片桐様は、わかった、気づいたて、なんでもご存じみたいに言うたはりましたけど、知らはらへんこともぎょうさんおす」

声音は大人しいが、やはり怒っている。ただし、怒られているのは隼人だ。ここはひとつ機嫌を取り結んで、朝次についていてくわしい話を聞き出すのが吉と読んだ。

隼人は勝手に歩かせておけばいい。隼人にもいろいろと訊き糺《ただ》したいことはあるが、先送りだ。

「如何《いか》にも睦月殿の仰《おっ》しゃるとおりだ。隼人は石頭で、こうと思い込んだら人の話を聞かん癖《へき》がある。それがしも常々――」

「薩摩も佐倉も、御蔵にお金がのうて、あちこちで借りたお金が返せへんし。たいそう困ったはりますのや」

睦月は惣介の追従《ついしょう》など歯牙《しが》にもかけず、地面に目を落としたまま話しつづけた。ご機嫌を取り結ぶも何もあったもんじゃない。

「緑《ろく》も、ふた月や三月、欠配《けっぱい》になるのはしょっちゅうやそうどすけど、片桐様はそれもご存じやおへんし」

片桐様ばかりじゃない。鮎川様もご存じなかった。

金繰りにずいぶん苦心している大名家があることも、そのような家中ではしばしば禄の欠配が起きることも、噂に聞いてはいる。だが、その立場を身近に感じたことはなかった。

　乏しい禄高でも、もらうほうは当てにしているのだ。欠配は日々の暮しを脅《おびや》かす。ふた月、三月《み》と無給がつづけば、内職を増やすくらいではとても追いつくまい。切り崩す蓄えがあればまだしも、なければ着物や武具を質に入れ、所帯道具を売り払う羽目になる。

　もうもらえてもいい頃だと期待し、音沙汰《おとさた》のなさに落胆し、どれだけ待てばもらえるのかと苛立《いらだ》ち――そうした気持の行ったり来たりだけでもつらかろう。

「佐倉はことのほかひどいことになってはって。お殿様の御膳《ごぜん》でさえ、ご飯とお汁にお菜は香の物だけやそうどす」

　当番の都度、贅沢《ぜいたく》な材料を使って豪華な膳を調製している惣介としては、ちと肩身が狭い。佐倉の殿様にも睦月にも詫《わ》びる義理はないが、どこやら後ろめたい。

　幕府は各藩に参勤交代を義務づけ、上納金を納めさせ、治水や修繕の工事を振り当てる。だが、各大名の政には首を突っ込まない。財政も藩ごとだ。百姓に課す年貢の高や、職人や商人から集める冥加金《みょうがきん》の額さえ、藩ごとに異なる。

　ただし、年貢にしろ冥加金にしろ、民からむやみにむしり取ったなら、百姓も町人も黙ってはいない。一揆《いっき》や強訴《ごうそ》を起こして抵抗する。

幕府もこの手の騒動には目を光らしている。虎視眈々《こしたんたん》と狙っていると言ってもいい。幕府の力を示し、理不尽を許さない姿勢を天下に知らしめる好機だからだ。

大名が騒ぐ領民を上手《うま》く収められなければ、口を出し手を出す。より石高の少ない領地に国替えして、処罰を下すこともある。大名家のほうもそんな恥はさらしたくないから、財政が逼迫《ひっぱく》すれば、まず殿様が倹約する。家臣に辛抱を強いる。

（それが、武士の世の慣ではあるが……）

借金が莫大《ばくだい》なら、殿様の粗食と家臣の〈武士は食わねど高楊枝《たかようじ》〉だけでしのげるとも思えない。

「殿様がそれでは、家臣は三度の飯にありつくのもようやっとでしょうな」

「朝晩二食だけのお家が大方で、一日一食のおうちもあるそうどす」

平野が痩せこけているのも当然だ。後ろめたさがさらにつのって、惣介はおのれの出っ張った腹に目を落とした。

「平野様の下総《しもうさ》のご実家では、一家四人が米一俵半で一年過ごしてはるそうです」

いつの間にか、睦月の声は穏やかになっていた。

「一俵半はあまりに少ない。四人なら十俵はないと、暮しが立ちゆかん。さぞお困りであろう」

諸藩でも禄は米で支給される。その米はもちろん食い扶持《ぶち》にもなる。が、売って暮しの諸色《しょしき》を購《あがな》う金や銭にもする。入費《いりか》は元々ぎりぎりまで削っているだろう。たいていの武家がそうしている。無理に無理を重ねて倹約しても足りないとなれば、どうしたって食い扶持にしわ寄せが行く。

「お小さいご弟妹《きょうだい》が、いっつもお腹を空《す》かしてて、それをみるのが切ない、て言うたはりました。お母上も何度か倒れて、寝込まはったとか」

凶作の年ならそんなこともあろう。どれほど「人でござい」と威張ってみても、命を養う食い物はしょせんお天道様のご機嫌頼みなのだ。不作ならば、工夫の限りを尽くしてしのぎ、次の秋を待つしかない。

だが、去年も今年も作柄はさほど悪くない。均《なら》せばこの国の者皆に充分行き渡るぐらいは、米も青物も穫《と》れている。にもかかわらず、下総では人が飢えているのだ。江戸の町人が大食い大会など催《もよお》してはしゃいでいる最中《さなか》に。

惣介はやるせない思いで唇を嚙《か》んだ。

(見過ごしにはできん)

薩摩の悪事の証を手に入れる役目も、睦月と船頭と朝次の怪しさも、忘れたわけではない。けれど、包丁で身過ぎ世過ぎする者として、それより大事なことがある。

「平野殿は気難しいお人ですかな」

「いいえ、そんなことあらしまへん。穏やかで情の濃いお人です。そやから、ああして朝次はんの身を」

ぷつりと千切ったように、睦月が話しやめた。

どうも引っかかる。隼人だけが見た江戸川の骸。睦月の『茶番』。ふたりの口争い。そして、おのれだけぽいと蚊帳《かや》の外へ放り出されたような感触。

睦月に細々《こまごま》と問い質したくなるのを、惣介は堪《こら》えた。今朝の睦月から何を訊きだしても、どうせ、ひとつまみ、いやひと握りの疑いが残る。万が一、先刻のように怒りだしたら手に負えない。危ない橋を渡るより、今は平野との縁をつないでもらうことだ。

「ならば、近いうちに我が屋敷を訪ねて下さるよう、頼んでもらえんだろうか。佐倉の窮状を知って、いらぬ世話を焼いてみたくなりましたので……」

しゃべりながら、だんだんと恥ずかしくなった。好き勝手に食べ散らかしているいいご身分のくせに、しゃしゃり出るのはおこがましい気がしてきた。気持に合わせて、うなじが垂れた。

「こんな腹をした幕府の台所人につき合《お》うてくれるなら、の話だが」

ふと気配を感じて顔を上げると、睦月が菩薩《ぼさつ》に戻って笑っていた。

鯛《たい》の切り身の塩蒸し焼。小鴨《こがも》と里芋《さといも》と結んだ糸蒟蒻《いとこんにゃく》の炊き合わせ。赤貝《あかがい》の柚味噌《ゆずみそ》和《あ》え。

雪之丞が腕によりをかけた重詰めの残りひとつは、結局、船頭の腹に納まった。いくら食い意地が張っていても、飢えて痩《や》せさらばえた若い者を見たあとで、幼い子どもがいつも腹を空かせていると聞いたあとで、豪華な重詰めを平らげられるほど鉄面皮《てつめんぴ》ではない。

（六）

鉄砲洲へ出かけてから三日後。惣介は朝寒《あささむ》の台所で、平野順平を迎える支度をしていた。

隼人とはあれっきり話ができていなかった。

御広敷で顔を合わせても、やけに忙しそうで、そそくさと行ってしまう。ゆっくりやり取りする隙《ひま》がないから、あやかしの出た晩の御膳所で『それがなあ、実は――』と隼人が言いさした話のつづきも、江戸川の骸の仔細《しさい》も、どちらも聞かないままだ。英吉利の櫛《くし》についてだけ、「わからんままだ」とぶっきらぼうな報告があった。

その後、あやかしは中奥や御広敷には現れていない。大奥に馴染《なじ》んだのかもしれない。

昆布くらべの結果は「桜井雪之丞とともにとっくりと調べましたが、利尻に間違いございません」と田沼玄蕃頭に伝えて、苦い顔をされた。薩摩の悪事についての探索も一向に進んでいない。

（上様のお役に立ちたいのは山々だが、証を探せと命じられたわけではない。上つ方に頼まれた覚えもない）

薩摩がどうあっても薬種を取扱いたいと望むなら認めてやれば良い、とも思う。それで借財が減れば、欠配もなくなって、家臣が救われる。

逆に、何が何でも島津重豪を引き下がらせる証が入り用なら、幕閣が手を打てば良いことだ。

（そのうち雪之丞が、重詰めの借りをどうしてくれはります、とか何とか言ってくるやもしれんが……）

知ったことか。開き直った気持で、惣介は台に並べた材料を眺めた。

（これもまた、頼まれたわけではないが）

大根、唐茄子《とうなす》（かぼちゃ）、長芋《ながいも》、葉芹《はぜり》。そして、もち黍《きび》ともち粟《あわ》。

黍と粟は、昨夜のうちに殻《から》と塵《ごみ》を取り除き、よく洗った。何しろ粒が細かいから、洗い水を捨てるときに一緒に流してしまわないよう、ずいぶん気を使う。で、ひと晩、水につけてあく抜きをした。このひと手間で、黍は鮮やかな黄色に炊きあがるし、粟の臭みもほぼ消える。

朝起きてからは、大してすることもなかった。

米と違い、黍も粟も炊く前に水に浸す要はないから、しっかり洗って、さらしを敷いた笊《ざる》に空け、水切りしておけば済む。大根と唐茄子はどちらも皮をむいてさいころに切った。葉芹はさっと茹《ゆ》でて水気を絞り、一寸（約三センチ）ほどに切り揃えた。長芋は一寸五分程の長さにしてくるくると皮をむき、酢水につけた。唐茄子を下茹でし、昆布出汁《だし》を取り終えて、下拵《したごしら》えは仕舞いだ。

（今さらこんなものを、と腹を立てて帰りたがるやもしれん）

平野が短気な男なら、充分あり得る。

麦は米の半値で手に入る。黍や粟ならそれよりもさらにぐんと安い。加えて、黍や粟は藩邸や屋敷内の畑で育てることができる。草抜きの手間はあるが、育ちが早く年二回の収穫が見込めるし、精白しなければ長く保存が利く。

これほど節約なものを利用しない手はないから、下総でも江戸の佐倉藩邸でもすでに食べているに違いない。惣介とてその辺りは重々承知している。

伝えたいのは、粟や黍を美味《おい》しく料理するコツと、手間いらずで、かつ、ありきたりではない幾品かだ。

台の上を見ただけで「もう結構でございます」と身を翻《ひるがえ》されては、目的が果たせない。粟と唐茄子の粥《かゆ》だけでも仕上げておこうと思い立った。

百聞は一見にしかずだ。平野がどれだけ気短な男でも、ほくほくとろりとした唐茄子粟粥をひと口食べれば、四、五寸は気が伸びる。竈に火が入れば、行く秋の台所も少しは温まる。

粟を鍋《なべ》に入れ、水加減をして塩を加え、強火にかけて木べらでかき混ぜ始めたところで、座敷に通じる襖《ふすま》が開いた。まだ寝床が恋しそうな顔の志織だった。

「あれ、お前様。朝餉《あさげ》は、黍と粟でございますかぁ。米櫃《こめびつ》に、たっぷり米がございますのに」

寝ぼけておられるのですか、と問いたげに頬に手をあてている。

非番の日の朝餉は惣介が作る。勝手にそんな決めが出来上がってずいぶんになる。労《ねぎら》ってもらえるわけでなし、礼を言われるでもなし。それでいて不平だけは妻からも娘からも倅《せがれ》からも惜しみなく頂戴《ちょうだい》しているのだから、我ながら好《よ》い面の皮だ。

「粟も黍も、やり方次第で米に負けず劣らず美味《うま》いぞ。ことに今朝のは、もち粟ともち黍だから、うるちのようにぱさぱさにはならん」

「そうでしょうか。わたくしは、どうも臭いが気になって。あまり好きにはなれません」

そりゃあ、お前が炊いたのでは不味《まず》いに決まっている、と舌の先まで出かかったがやめた。

夫婦になって十数年、志織の料理の腕のつたなさに小言ばかり喰らわしてきた。それをこの頃は控えるようにしている。主水の指南役を仰せつかり、他にも幾人かに料理を手ほどきして、人には向き不向きがあると思い知ったからだ。

惣介とて、剣術の腕についてぐちぐちと言われたら、面白くない。同じことだ。と、遅ればせながら気づいたわけだ。

「苦情は食べてから聞く。じきに客が来る。台所へ通すから、志織も身繕《みづくろ》いをしたほうがよいぞ」

「まあ。それならそうと、昨夜のうちに言うて下されば、炉端も流しも片づけましたのに」

狸の目を丸くして、ちょっとふくれっ面になって、志織はばたばたと奥の座敷へ引っ込んだ。

客が来ると知れば、志織は熱心にあちこち磨き立てる。が、平野のためには、少し散らかり加減のほうが良い。そう考えたから、わざと黙っておいたのだ。

食いつなぐのに精一杯であれば、どうしたって暮しは荒《すさ》む。訪ねて来て惣介の屋敷が小ぎれいに片づいているのを目にすれば、下総の里にはない平穏な日常をいやでも感じる。それでは切なかろう。

志織が引っ込んで間もなく、鍋の水気がなくなって中身がもったりと重くなった。火を弱め、唐茄子を入れ、蓋《ふた》をしてしばらく炊く。蒸らしにかかって、台所に素朴な甘い匂いが満ちたところで、平野が来た。三日前と同じ浅黄裏の羽織に、中の着物は薄い袷《あわせ》だった。綿入れはまだ質に入れたままなのかもしれない。

喜び勇んで、という風ではなかった。睦月に頼まれて断り切れずに足を運んだのだろう。これは予想どおりだ。それでも、嫌々来たのが顔に出ないよう努めているのは見て取れた。人の善い男なのだ。気短どころか、ずいぶん辛抱強い。

台所で黍と粟を目にすると、平野は「どちらも試してはいるのですが」とつぶやいて、ため息混じりになったのを詫びるように笑みを作った。この科白も予想どおり。

「そうでございましょうな。ただ、もしやして、粟も黍も不味いものと諦《あきら》めて、米の代わりに仕方なく使っておられるのでは、と余計な推量をいたしましてね」

平野の丸い目が、困った様子で二度、三度とまばたいた。米に比べたら、粟も黍も不味いに決まっている、何を今さら——そうきっぱりと言い返したいのを遠慮して、言葉を探しているやに見えた。

これ以上いらぬ心遣いをさせるのは気の毒だ。惣介は取って置きの愛想笑いで、埋《うず》み火の炉端を勧めた。

「今朝はよう冷える。まずは手を炙《あぶ》って下され。温《ぬく》もったところで出来上がったばかりのひと品を食していただいて、話はそれからにいたそう」

素直にうなずいて炉端に腰を下ろしたあとも、平野は落ち着かぬ様子だった。自在鉤《じざいかぎ》に掛けた鉄瓶《てつびん》をいっとき眺め、次におのれの膝《ひざ》にじっと目を落とし、ほっと息を吐く。気の弱い痩せ犬が、前足にややこしく絡んだ紐をどうやってはずしたものかと思案に暮れている。そんな風情だ。

惣介は、蒸らし終えた粥を唐茄子がつぶれないようにそっと混ぜて、たっぷり椀《わん》に盛った。炊いたもち粟は米よりずっと強いとろみが出る。玉杓子《じゃくし》ですくう感触は煮とけた餅《もち》のようだし、見た目もあまりよろしくない。唐茄子が見事な山吹色《やまぶきいろ》に仕上がっているのだけが救いだ。

「粟と唐茄子ですか」

膳《ぜん》の上で微かに湯気を上げる椀は、大して歓迎されなかった。所詮《しょせん》、粟は粟、粥は粥なのだ。ご馳走《ちそう》を食い飽きている家斉なら、珍しがって喜んでくれただろうが。飢え死にの危機と隣り合わせで暮しているのだ。死に物狂いで、できる限りのことはしているに違いない。

(料理のコツなぞと、おこがましい。驕《おご》り高ぶったことを考えた)

思い当たると同時に、カッと頰に血が上った。

(山海の珍味を馳走したほうが、ずっと親切だったやもしれん)

考えるそばから、それも何か違うような気がしてくる。かと言って、知らぬ顔を決め込むこともようしなかったろう。

おのれのしていることに自信がなくなったので、つい言い訳が口をつく。

「米を混ぜておらんのは、粟《あわ》は粟だけで炊いたほうがずっと美味いからなのですが。……よければ、ひと口なりとも味見を」

惣介のうわずった声に曖昧《あいまい》な表情でうなずいて、平野は箸《はし》を手にした。そうして恐る恐るひと口。

惣介はその脇に座って息を凝らした。不作法なのも忘れて、一心に相手の顔を見据えた。ことの首尾にはらはらするあまり、気づけば口が半開きのままだった。

椀の向こうの丸い目がひょいとこちらを見た。子犬みたいな目元が、くしゅっとやさしげに細くなった。

「ああ、これはとても香ばしい。臭みもまったくありませんね。美味いな」

平野が椀を膝に降ろし、にっこりと笑う。痩《こ》けた頰に何本も皺《しわ》が寄った。それでも目の輝きはいかにも若く、食欲も立派なもので、椀は一気に空になった。

「やはり温かいうちはいいですね。これほど巧《うま》くこしらえて下さっても、冷めると香ばしさは消えて、生臭いような糠《ぬか》臭いような、なんとも嫌な臭いが出てしまうでしょうから」

「まことに。温め直せば、多少は香ばしさが戻ってくるが、臭いはどうにもならん。

米の飯も炊きたてに越したことはないが、冷めても甘みは残りますからなぁ」

冷めると不味い。それが、米以外の五穀《ごこく》の弱点だ。麦然り。黍《きび》然り。稗《ひえ》などは、冷めると何の味もしなくなってしまう。

「あとふた品、支度してありますが、温かいのを食べてもらいたくて、まだ仕上げてありません。よければ、一緒に作りませんか。覚えて帰れば、膳の上が少しにぎやかになるやも――」

「それはありがたい。ぜひ、御指南いただきたい。お願いいたします」

平野に快活な返事をもらって、体の強張《こわば》りがすっとほどけていった。

酢水から上げた長芋をよく水で洗い、塩を混ぜ込んだ粟粒の上でころころ転がす。その間に竈にかけた蒸籠から湯気が上がり出す。平野は教えるまでもなく蒸籠の蓋を取って、中に敷いた竹皮の上に粟をまぶした芋を並べていった。ずいぶん手際がいい。

「これは粟蒸しと申します。長芋の他に鯛《たい》や栗《くり》、岩茸《いわたけ》も粟と相性が良いのですよ」

「鯛にはとても手が届きませんが、茸《きのこ》なら里の裏山で採れる。次の秋にはきっと試してみましょう」

「茸は栗をまぶす前に濃い目に味をつけておくと美味《うま》いです。出汁《だし》醬油《じょうゆ》で少し煮込んでやるのがよろしかろう」

覚えの早い相手と一緒に料理を作るのは楽しかった。何より、平野が来たときとは打って変わってくつろいだ様子なのが嬉《うれ》しい。

「こちらは黍の煮物。黍を炊かずに済むのが簡便でしてね」

「それはありがたいな。実のところ、薪も倹約せねばなりませんので」

塩で味つけした昆布出汁に大根を入れて火にかけ、大根が半分方柔らかくなったら、洗い上げておいたもち黍を加えて煮る。出来上がりに葉芹を散らす。ひと品だけで飯も菜も兼ねる。薪の節約にはもってこいだ。

「父上。そろそろ宗伯《そうはく》先生のところへ行って参ります」

大根入りの鍋《なべ》を竈に預けて、平野とふたり粟蒸しの味見をしていると、声があって襖《ふすま》が開いた。鈴菜だ。いきなり医者になると言い出し、滝沢《たきざわ》宗伯に弟子入りして一年。毎日たゆむことなく、神田《かんだ》の宗伯宅へ通っている。

「そうか。平野殿。娘の鈴菜でござる。鈴菜、こちらは佐倉の平野順平殿だ」

ご挨拶《あいさつ》を、と言いつけるまでもなく、鈴菜は敷居の向こうで三つ指をついていた。客の手前も忘れて、惣介は目を白黒させる思いで、こみ上げてきたものを飲み下した。

ほんの一年《ひととせ》、二年《ふたとせ》前までは、手水《ちょうず》もまともに使わず、陽が高くなるまで目やにをこびりつかせていた娘である。髪もいい加減に結って、両の袂《たもと》をまくり上げた着物で座敷をウロウロしていた娘である。ひと言叱れば、十言は言い返してきた娘である。

それがいつの間にやら、大人らしい立ち居ふるまいをするようになった。親の手柄でないことはいやと言うほどわかっている。宗伯の薫陶《くんとう》を受けたのでもない。

恋仲の相手、大鷹源吾の為《な》せる業だ。鈴菜は大鷹を得て形《なり》や態度で世間に抗《あらが》う要を感じなくなった。幸いなことだと思う。

浅黒い肌の賢い目をした男前は、いずれ惣介の娘婿《むすめむこ》になる。どうせ今宵《こよい》も忠実な番犬よろしく、宗伯の家まで鈴菜を迎えに行って、諏訪町まで送り届けて来るのだ。

(早《はよ》う嫁がせてやらねばなるまいが)

思ってはいても、持ち掛けたことはない。今はこうしてしおらしい顔をしているが、鈴菜の身のうちにはコツンと硬い意志の固まりがある。下手に口出しして、ぐうの音も出ないほどやり込められるのはかなわない。

「朝餉《あさげ》はどうした」

「ご歓談のお邪魔になりませぬよう、主水さんのところで済ませました」

本音は粟や黍を食べたくなくて離れに逃げ出したのだろうが、それをへいちゃらで口に出すような蓮《はす》っ葉《ぱ》な真似もしなくなったわけだ。

「平野様。どうぞごゆるりと」

丁寧な辞儀とともに静々と襖が閉まる。内心、呆《あき》れにとんぼ返りを打たせながら見返ると、平野がまぶしげに閉じた襖を見つめていた。

「お美しい娘御でございますな」

我が娘ながら『お美しい』と思ったことは一度もない。誰かがそう言うのも、これまで聞いたことがなかった。これまた、狐につままれ、狸にもつままれ、である。

（七）

翌夕。茜《あかね》に染まった空の下を、朝次が諏訪町を訪ねてきた。

折も折、惣介は台所の炉端で舟をこいでいた。早番の日は夜明け前に登城するので、どうしたって夕餉《ゆうげ》を待つ間に眠くなるのだ。飯の炊ける匂いに包まれて至福の微睡《まどろみ》に身をゆだねていたから、ひょいと目覚めて目の前に朝次が座っているのを見たときには、飛び上がるほど驚いた。

「お、おぬし。何ゆえそんなところにいる」

「相済みません。ご新造様は奥座敷で待つよう仰《おっ》しゃったのでございますが、手前のような者にお座敷は分不相応《ぶんふそうおう》かと存じまして」

詫びているくせに落ち着き払った態度なのが気に入らない。すでに化けの皮ははがれているのに、開き直って町人のふりをつづけているのも気に食わない。

「台所へ上がり込むほうが、よほど無遠慮だと思うぞ」

あとふたつみっつ文句を言ってやろうと口を開きかけて、朝次の感じが変わっているのに気づいた。心を許しているとまではいかないが、鉄砲洲のときより明らかに軟化している。睦月に説き伏せられたのか、他にわけがあってのことか。

「まあ、今さら言うてもだ。それで、いったい何用かな」

相手が侍の身分を明かせばそれらしく遇するところだが、町人をよそおっているのだから丁寧な言葉づかいは不要だ。

「先日、片桐様からお訊《たず》ねのあった英吉利の櫛《くし》でございますが」

朝次が思いつめた顔つきになった。さっきまでの余裕綽々《よゆうしゃくしゃく》が、かき消えた。

「手前が大奥にお納めした品だと思い至りまして。それでここに、件《くだん》の櫛をお持ちの奥女中様の御名をしたためて参りました」

言葉とともに胸元からしっかりと包んだ書状が出てくるあたり、所作が武士らしくて、町人の尻《しり》から侍の尻尾《しっぽ》がのぞいているようで可笑《おか》しい。だが、朝次はあくまで真剣だった。

「どうかこれを片桐様に」

「おぬしが直《じか》に手渡せばよかろう。そりゃあ、この前はずいぶん腹を立てていたが、訪ねて行っても嚙《か》みつきゃしまい」

「……たっての願いがございまして、鮎川様にお頼みにあがりました。厄災を引き起こす櫛を大奥に持ち込みましたのは、偏に手前のしくじりです。奥女中様には何の落度もありません。お咎《とが》めを被《こうむ》ることがございませんよう、鮎川様からお口添えをいただきたいのです」

しゃべり終えると、朝次は額を畳にすりつけた。

「何卒《なにとぞ》、よしなに」

にわか町人の装束はすっかり脱げ落ちていた。鉄砲洲ですらすらと嘘を並べていた男とは丸っきり別人だ。それだけ必死なのだろう。

「案ずるには及ばんさ。もろうた櫛にたまたまあやかしが憑いていた、それだけのことだ。罪科《つみとが》に係《かか》る話ではない」

あやかしごときでいちいち処罰していたら、大奥は女中の亡骸《なきがら》で埋まってしまう。容易《たやす》い頼まれごとだ。が、引き受けるからには見返りが欲しい。もう町人のふりは止《よ》してもらわねば。

「きっと口添えはする。大船に乗った気でいてくれ。それにしても、櫛を差し上げたお相手に、よほど惚《ほ》れておられるのですねえ、朝次殿《ともつぐ》」

ひれ伏していた朝次が、意表を突かれた様子で頭を上げた。みるみる顔が赤くなる。

「どこでそれを――」

訊ねかけて、朝次は苦笑いになった。つるりと顔を撫《な》でて、はあと息を吐いた。

「当たりましたか。平野殿が『ともさん』と呼びかけるのを、小耳にはさみましてね」

朝次を赤面させたのは、惚れた腫《は》れたのほう。思わず問い詰めかけたのもそちらの話だ。が、そっちは答えるまでもない。好きな女が大奥に奉公していること。その女に唐物の櫛を贈ったら、それがあやかし憑きだったこと。女を櫛の禍《わざわい》から守ろうと躍起《やっき》になっていること。すべてあからさまだ。誰でもわかる。当人もそれと気づいたから、中途で口をつぐんだのだ。

「……ははあ、順平が。思わぬご縁ですね。櫛のことを鮎川殿におまかせするよう勧めてくれたのも順平です」

何食わぬ顔のまま、朝次は侍に戻っていた。

「粟《あわ》の粥《かゆ》を食べているわたしを、それはそれは面目なさそうな顔で見ておられた。あのお方は善人だ。信ずるに足る、と」

今度は惣介が恥じ入る番だった。動揺も迷いもすべて平野に見抜かれていた。我ながら情けないが、ここはこちらも何食わぬ顔をするしかない。

「では、そのご縁を頼りとして教えていただきたい。薩摩は――」

「薩摩藩は唐物の抜け荷なぞしておりません。抜け荷は大掛かりにやってこそ。町人の小遣い稼ぎならともかく、大藩が唐物ごときのために危ない橋を渡っても、割に合わぬのです」

訊ね終える前に答えて朝次はにこやかに笑い「順平の名にかけて、偽《いつわ》りは申しません」とつけ加えた。

なるほど、道理に適《かな》っている。

船を仕立て広い海の上で取引相手を見つけるだけでも大仕事だ。運良く見つけても、そのときに相手が交換に応じてくれる品を積んでいなければどうしようもない。苦労して唐物を手に入れても、売買の正当な窓口である長崎会所は使えない。内緒の買い手を探すことになる。手間も暇も金も要る。櫛十枚や二十枚の商いでは勘定が合わない。

「証を捜し回っても無駄、ということですな」

口には出さなかったが、わかったことがもうひとつあった。ここまできっぱりと言い切れるからには、朝次は島津の家臣だ。浪人などではない。それが薬売りと関わり合いを持っている。となると――。

(富山の薬に島津の家臣、薩摩に向かおうとしていた船、昆布……なるほど)

からくりは鼻の先にぶらさがっていた。少し掘り下げれば、あっさり気づけたはずだった。

幻の『唐物抜け荷』に代わる現《うつつ》の方略。朝次を訪ねたときに、隼人が要らぬ大声を張り上げたおかげで一度は見失った筋道。それが今はくっきりと頭に浮かんでいた。

富山前田家と裏で手を結んでおけば、島津はいずれ申し分のない利を得ることができるのだ。

たとえ幕府が薩摩の薬種取扱いを認めたとしても、海産物の取引禁止はかわらない。薬種と交換するための昆布がないのでは、せっかくの許しも旨《うま》みがない。

そこで富山だ。

富山前田家が差配する北前船が蝦夷で手に入れてきた昆布を、秘密裏《ひみつり》に流してもらう。島津がそれを直に扱えば、ご禁制を犯すことになる。だから薩摩の名を出さず、琉球産昆布として、清の薬種と交換する。それで幕府の目をかすめ、盛大に商いができる。唐物の櫛とは桁《けた》の違う利得が懐に転げ込む。

無論、富山にも利する所がある。薬売りだ。

どこの藩も、天領でさえ、他国の物売りが領内に入るのを喜ばない。よその領民から物を買えば、自国の銭金が藩外に出て行ってしまうからだ。薩摩はことのほかその傾向が強く、しょっちゅう他藩の物売りに出入り禁止の触れを出す。

対して富山は、他国に薬を売り歩くことで潤っている。しかしながら、売薬で儲《もう》けているのは富山ばかりではない。特に手強い商売敵は、辛抱強くて客あしらいの上手な近江《おうみ》の薬売りだ。薩摩が富山に限って領内への出入りを許してくれるなら、少々無理をしても損はない。

両藩が足並みを揃えて威張り返っている幕府に一矢《いっし》を報いる。これほど胸のすくことも、そうあるまい。

（いずれ、どころか、すでに利を得ていたのやもしれん）

たまたま遭難で明るみに出ただけのこと。おそらくこれまでも、昆布を満載した富山の船が、こっそり薩摩へ入港していたのだろう。昆布は琉球を介して清に売る。それだけでもそこそこ儲けになる。

と、ここまで推量し終えると、雪之丞のほのめかしの意味も知れた。睦月の一計が指さす先も見えてきた。睦月が小細工を仕掛けた時と場所、隼人の黙り《だんま》、そしてあの日、小耳にはさんだ平野の悔やみの欠片――『ともさん、一昨日またひとり亡くなられたと聞きましたが』――どれもぴたりとはまる。

読みは間違いなく当たっている。だが証は何もない。

（問い質しても、朝次はすっとぼけて笑うだけだろう）

惣介としては、朝次の暇《いとま》の挨拶《あいさつ》を機嫌良く受け取る他に術《すべ》はなかった。

夕明りのうちへ朝次を送って出ると、鈴菜がちょうど組屋敷の総門まで戻ったところだった。少しあとから当たり前のように大鷹がついてくる。

果たして親しく引き合わせたものか。それで風向きを変えられるか。思いあぐねる隣で、朝次が歩みを止めた。それだけではない。薄闇を突き破るように大鷹をにらんでいる。仇《かたき》に出会《でくわ》したかのごとく目つきが鋭い。いつもなら鈴菜が総門をくぐったのを見届けて踵《きびす》を返す大鷹も、立ち止まってこちらをうかがう風だ。

「あのお方は、もしやして浜松《はままつ》藩の御家中では……」

朝次が何をどこまで知っているのかわからない。何をどこまで知らせて無事かもわからない。惣介は答えに窮した。

「いえ、なに、格別のことはないのです」

こちらの返事を待たず、朝次の声に笑いが混じった。

「物の良い木綿をお召しですので」

藩主水野和泉守の依怙地《いこじ》なまでの倹約癖を受けて、浜松藩士は木綿を着用している。知られた話だ。ただしそれは切羽詰まっての節約ではないから、出来のよい反物を腕のいいお針子が縫った木綿だ。よその貧乏藩士が質の悪い絹を色が褪《あ》せるまで散々に着古してピラピラさせているより、よほど見端《みば》が良い。こちらも知る人ぞ知る話である。

だが、多少夜目が利くとしたって、人の顔がそれと知れる程度の暮れ残りで、着ている物の良し悪しがわかるはずもない。

(睦月殿は朝次を信頼しているようだが)

それは睦月の一本気な心根から生じたものだ。朝次の肚《はら》が白いか黒いか、太いか細いか、軽々にはわからない。さてどうしたものか……迷いのうちへ、朝次がひときわ朗らかな声音で割り込んできた。瓜実顔《うりざねがお》がほころんでいる。鉄砲洲の家でも見た面白がっている笑みだ。

「鮎川様。お口添えの件がどのような形で収まりましたか伺いに、明晩また参ってもよろしゅうございましょうか」

無事に片づいたとわかるまでは気が揉《も》める——大事な相手であれば当然のことだ。

それはうなずける。が、さっきのきな臭い気色《けしき》を思い合わせれば、別の狙いも透けて見える。朝次の声が聞こえよがしに大きくなったのも気に入らない。

「かまわぬが、俺は明日《あした》は遅番だ。宵五つ過ぎにしか屋敷には戻れん」

返事をしながらも、つい大鷹の様子が気になって目線が行った。

「待ってもらうやもしれんが、それで良ければ——」

しゃべっている途中でふいと大鷹が目を上げてこちらを見た。その目差の虚《うつ》ろさに、惣介はぎょっとして声を呑《の》んだ。いつも小憎らしいほど冷静沈着な男が、うろたえ怯《ひる》んでいる。

（いかんな。このまま朝次と相前後して大鷹を行かせるのはまずい）

どうでも口実をでっち上げて押し留《とど》める――惣介が焦りにまかせて腹案もないまま口を開きかけたとき、鈴菜が大鷹の袖《そで》を引いた。

「お伝えするのを忘れておりました。末沢様が『今宵《こよい》こそは、ぜひお立ち寄り下さい』と仰《おっ》しゃっておいででした。長崎にできた鳴滝塾《なるたきじゅく》のことを詳しく教えていただきたい、とのことで」

主水が本当にそんなことを言伝《ことづ》てたかどうか、怪しいものだ。が、鈴菜を褒めてやらねばなるまい。大鷹の素振《そぶ》りがおかしいのに気づき、とっさの機転で引き留める名目をこしらえたのだ。上出来である。

主水の眼前でややこしい話は難しかろう。それでもこのまま帰すよりはずっと良い。

大鷹は小さくうなずくと、鮎川家の離れへ足を向けた。鈴菜があとについて行く。わけは何であれ、大鷹が顔を出せば主水は喜ぶに違いなかった。

阿蘭陀商館長の江戸参府《さんぷ》まで二年を切った。主水はこの参府の一行について長崎へ赴《おもむ》き、そこから故国、英吉利へ帰る——と料理の指南役を命ぜられた折に漏れ聞いた。ところが以来、幕府の誰からもこれといった音沙汰《おとさた》がない。むろん、惣介も案じているが、誰よりも気が気でないのは当の主水だろう。長崎の動静に通じている大鷹から、参府に加わる人物の評判やら支度の進み具合やらをわずかでも聞き出せれば安堵《あんど》するはずだ。

また大鷹は、書物奉行《しょもつぶぎょう》兼天文方筆頭《てんもんかたひっとう》の高橋作左衛門景保《たかはしさくざえもんかげやす》と親しい。主水は諏訪町へ来るまで高橋の世話になっていた。その消息が聞けるのも嬉《うれ》しかろう。

見返ると、朝次が大鷹と鈴菜を目で追っていた。もう笑ってはいなかった。

次の日、惣介は遅番にもかかわらず早朝から登城した。晴れ渡った空を睨《にら》みながら、わしわしと歩いて行った。

(是が非でも隼人をつかまえて、しゃべらせる)

あやかし騒動で取り込んでいるとはいえ、立ち話さえ満足にできないのは変だ。非番もあったのに訪ねてこなかった。忙しいのではなく、鉄砲洲へ向かう船の中以来、隼人は惣介と話すことを避けている——そう考えるほうがしっくりくる。となれば、その因になったのは江戸川から引き上げられた骸。

睦月と船頭は死人を船に乗せてきて、夜が明ける前にあの場所へ投げ込んだ。流れていかないように工夫もしただろう。それがあの骸だ。睦月が遺骸《いがい》を粗末に扱い亡くなった者を辱《はずかし》めるような真似をしてまで、隼人に骸を見せたのはなぜか。謎解きは済んでいた。睦月の思いも酌み取っているつもりだ。気の回らぬ抜作扱いは、もうたくさんである。触《さわ》ったら弾ける腫物《はれもの》のように遠巻きにされるのも。

添番詰所の戸口で手招きすると、隼人はひどいしかめっ面で出てきた。相変わらずゲッソリとやつれているが、心配は後回しだ。

「おい、隼人。いい加減に石の地蔵を決め込むのは止《よ》せ。この間の骸について、おぬしが何を隠しているかくらいとうに目星はついている。だがな、俺はおぬしの口からはっきりと聞きたい」

答えを待たずに歩き出すと、隼人も渋々ついてきた。団子の眼でも決然と見張れば、それなりの効果はあるのだ。

壁の耳と障子の目を用心して御広敷を離れ、台所《だいどころ》前三重櫓《やぐら》の南にある石段を登った。登った先には、白鳥《はくちよう》堀を見下ろす少し開けた場所がある。

「隠していたわけじゃない。今晩にでもおぬしの屋敷を訪ねて話をしようと思っていたのだ」

てっぺんに並んで立つと、隼人はそっぽを向いたままぼそぼそとしゃべりだした。どうやらすらすらと白状するつもりらしい。素直でよろしい。

「そもそもけしからぬのは睦月殿さ。骸を見せれば俺が大得意で嗅《か》ぎ回って、あれこれ細かいことを見つけ出し、ついでに手筋を読んで下手人にも気づく。そう踏んでの猿芝居だ。人を虚仮《こけ》にするにも程があるだろう」

まだ怒っているのか、しつこいぞ、とか何とか美人をかばってやりたくなったが、せっかく洗いざらい打ち明ける気になっているものを、臍《へそ》を曲げられてもつまらない。聞き流しておくことにした。

「とは言うても、おぬしのことだ。骸からわかったことがいくつもあったろう」

「持ち上げるな。気色の悪い」

口とは裏腹にこちらを向いた顔はもう渋っ面ではなかった。むしろ惣介の胸のうちを思いやる目の色になっている。「俺を気遣っている場合か。おぬしのほうが余程淋《さび》しい顔をしているくせに」と言ってやりたかったが、それもやめた。

片桐家のもめごとは相当にややこしそうだ。相談を持ち掛けられる前に口をはさんで、隼人の面目を潰《つぶ》したくなかった。

「せっかくほめてやったのに甲斐《かい》のない奴だ。いいから、つかんだことを話せ」

「死んで日が経っている上に水に浸《つ》かっていたのだ。大したことはわからんさ。それでもまあ、幾つか気づいたことはあった。まずひとつ。町人の態《てい》をしていたが、あの骸は侍だ。手に示現流のたこがあったから、薩摩の出とみて間違いあるまい」

「斬ったほうはどうだ」

「骸からは確《しか》とは判別できなんだ。だがな、睦月殿が俺に手筋が読めると考えた、それこそが下手人を指差していると思わぬか」

まさしく。

泰平の世である。そして睦月も隼人がそこまで見通すのを承知だったはずだ。剣で御奉公する者も、実際に真剣を抜く折は滅多にない。隼人がその手筋をよく知っている相手は、かつて下総中山《なかやま》でともに死地をくぐり抜けた睦月と大鷹、ふたりだけだ。そして、睦月自身が斬ったのであれば、回りくどいことをする理由がない。

「となると……」

隼人が気まずそうに言いよどむ。

「ええい、間怠《まだる》い。斬ったのは大鷹、そうだな」

断じたついでである。惣介は昨夕、朝次が語ったことと組屋敷門前での有り様を口早に語り、おのれの引きだした推量をつけ加えた。

「骸は朝次と同様に島津の家臣だろう。大鷹が斬った三人と朝次は、薬売りの世話役を隠れ蓑《みの》にして、富山の連中と談合を重ねていた。それゆえ、水野和泉守様が二藩の企てを阻止するために大鷹を動かし、睦月殿は大鷹と朝次が抜き合わせるのを阻《はば》もうと動いた」

隼人が乗り出して、大鷹と朝次が剣を交えるのをやめさせる。これこそ睦月が望んでいたことだ。睦月にしてみれば、幕府も薩摩も関係ない。よく知った者たちが互いに殺し合うのは耐えられない。それだけだ。だから雪之丞と言い争い、隼人に見せるために骸を水に浸け、朝次をかき口説いた。

惣介も睦月の思いを是《ぜ》としたかった。主君の銭勘定や宿望《しゅくぼう》のために家臣が殺し合うなど野蛮に過ぎる。戦国の世でもあるまいに。君命に唯々《いい》諾々《だくだく》と従うばかりが臣ではない。武家の慣がわかっていないのは、雪之丞のほうだ。

隼人は涼しい目を瞠《みは》ってこちらを向いたが、すんなりした眉《まゆ》は曇ったままだった。

「で、隼人。おぬしは何を隠している。大鷹は和泉守様の命に従っているにすぎん。これまでも幾度かあったことだ。それしきを告げるのが嫌で、俺から逃げ回っていたはずもない」

「……実は亡骸《なきがら》からわかったことがもうひとつある。そいつがちと面白くない話で」

隼人はしばしためらったあとでつづけた。

「骸のたこは大方消えかけていた。薩摩にいた頃に形ばかり稽古《けいこ》をして、その後は腕を磨くこともなかったのだろう。到底、大鷹の敵ではない。君命とはいえそのような相手を斬り捨てて、彼奴《きゃっ》も嬉しくはあるまい」

腑《ふ》に落ちた。昨夜の大鷹の臆《おく》した姿は、自身を恥じる気持の表れだった。そうして昨夕の有り様からすれば、朝次は同輩を斬ったのが大鷹だと知っていたに違いない。

「まだある。残る標的の朝次だ。俺の見る限り相当な使い手だ。俺が清明な心持で勝負しても五分と五分。おのれを持ちあぐねる今の大鷹では、とても敵《かな》うとは……」

隼人の声が次第に遠くなった。胸が重く沈んだ。

(嫌なことを言うだけか。そう危ぶみながらふたりの間に立ちはだかる気がないなら、せめて助太刀するくらい)

向かっ腹を立てかけて、それができないから、隼人は自分を避けていたのだと思い当たった。

老中を目指す和泉守にとって、幕府は大望のよりどころだ。その幕府が踏みつけにされるのを見過ごしにはできまい。かと言って、薩摩、富山を公に咎《とが》めれば話が大きくなりすぎる。下手をすれば国をふたつに割る大戦《おおいくさ》の種にもなりかねない。徳川家が奉ずる天下泰平の大義にももとる。それゆえ和泉守は、二藩の目論見《もくろみ》をひっそりと打ち砕くべく、大鷹に人斬りを命じたのだ。大鷹も異を唱えることなく命を受けたのだ。そこへ、幕臣である隼人が助太刀を買って出て、万万が一にもことが明るみに出たら――。

(なにもしてやれんのか)

脳裏に鈴菜の泣き顔が浮かぶ。腕に何の覚えもないおのれが情けなく不甲斐ない。膝《ひざ》が抜けて、へなへなとしゃがみ込みそうになった。

「おい、惣介。しっかりしろ。まだ話は終わっておらん」

気づくと、隼人が持て余し顔でのぞき込んでいた。

「仕方のない奴だ。これだから、おぬしに打ち明けるのは今しばらくあとにしようと決めていたのだ。よく聞け。俺とて手をこまねいていたわけではない。朝次の家から戻ってすぐに大鷹を訪ねた。渋るところを無理矢理に話を訊《き》きだした。代わりにこちらもあやかしの件を打ち明けて、朝次に果たしてもらわねばならん約束があるゆえ、それが済むまで手出しは控えて欲しいと頼んだ」

秋の終わりの空の深さが、不意に目に沁《し》みた。何か言おうとしたが、うまく声が出てこなかった。

「ときを稼いでおいて和泉守様に直談判《じかだんぱん》に及ぶつもりでいたが、それはもう要らぬようだ。惣介、おぬしが好機を作り出したからだぞ」

戸惑う惣介に、隼人はニヤリと笑ってみせた。

「止めてはおいても、大鷹がいつ焦れて動き出すやもしれん。それが何より心掛かりだった。が、昨夜《ゆうべ》の朝次の科白《じ》は、大鷹を誘うためだろう。当然、大鷹はそれに応じる。まさに千載一遇《いつ》すべからずだ。今夜、おぬしが遅番を終えるまで待って、一緒に諏訪町へ帰ろう。必ずや両人が斬り結ぶのをやめさせてやる」

我知らず安堵《あんど》の息が漏れた。隼人に向かって両手を合わせたくなった。

御広敷に戻りかけてようやく、惣介は朝次から預かった文のことを思い出した。思い出したのだから、文句を喰《く》らう筋合いはない。それなのに隼人は、

「食うことは忘れんのに、大事な言伝は忘れる。おぬしにも困ったものだ」

と、礼の代わりにいやみをくれた。礼節を知らぬ奴だ。

「ふん。文に名の書いてある奥女中に掛け合えば、櫛《くし》は見つかるだろうがなあ。それをどうやってあやかしに返すつもりだ。天守にでも立って『あやかし殿、あやかし殿』と呼びかけるのか。何しろ向こうは英吉利の女だ。言葉が通じんぞ」

てきめん隼人が難しい顔になった。いい気味である。大鷹の件をありがたく思う気持は気持。それはそれ、これはこれなのだ。

（八）

英吉利の櫛を懐に仕舞った隼人とともに下城したのは、宵五つ半（午後八時半頃）過ぎ。朝次と大鷹を納得させる手立てを探しているのか、あやかしに櫛を返す方策を練っているのか、隼人は黙って歩を進めた。そして、諏訪町の組屋敷の総門をくぐる手前で立ち止まった。

「俺は姿を見せんほうがいいだろう」

言うとおりである。隼人が現れたことで今夜の企てが日延べになったら、次はいつどこでとも知れない。

ひとり屋敷に戻ると、離れで主水と大鷹が談笑するのが聞こえた。危ない誘いだとわかってはいるのだろう。それでも、朝次が夜道を帰るところを狙うつもりなのだ。

朝次もすでに来て炉端に居座っていた。相変わらず町人の態《てい》で、言葉つきも町人だ。志織、鈴菜、小一郎と、家の者が顔を揃え、朝次の語る薬売りの滑稽《こっけい》な失敗談に笑っていた。

「待たせてすまなんだ。頼まれた件は片がついたぞ。至極当然のことながら、お咎めも何もない」

着替えもせぬまま顔を出して告げると、朝次はほうと息を吐いて膝《ひざ》を揃え直し、額を板の間にすりつけた。

「まことにありがとうございます。心底《しんそこ》ほっといたしました」

言い終えて上げた顔に浮かんでいたのは、安堵以上のものだった。静謐《せいひつ》な覚悟とでも呼ぼうか。「これで思い残すことはございません」と胸のうちでつぶやいていてるかのような。

帰る朝次について台所を出ようとしたとき、炉端から声をかけられた気がした。振り向くと、鈴菜がじっとこちらを見つめていた。すがるような目差に胸が痛んだ。

大鷹が命について打ち明けたとは思えない。だから、何が、とはわかっていまい。が、何か起きる、と感じておびえているのだ。

(案ずることはない。きっと止めてやる)

口に出せない思いを込めてひとつうなずき、惣介は襖《ふすま》を閉めた。


表に出ると、朝次は植え込みの陰から藁苞《わらづと》を拾い上げた。

「帰りに入り用になりますので持参しましたが、母家の内に持って入るのはご無礼かと存じまして」

それですべて伝わると考えているようだった。

「大鷹源吾は娘と夫婦《めおと》約束を交しておりましてな」

言わずもがなと思いながらそう告げた。朝次はそれには答えず、門口で深々と頭を下げた。

「順平のこと、此度《こたび》のこと、お心遣いとご恩は決して忘れません」

言い置いて足音が闇に遠ざかる。ほどなく離れの戸が開いて、大鷹が出てきた。黙礼して去ろうとするのを、惣介は思わず呼び止めた。万が一、隼人が押しとどめられなかったときに備えて、せめて迷霧《めいむ》を払ってやりたかった。

「おい。鈴菜を見損なうな。痩《や》せても枯れても武士の娘だぞ。おぬしの迷いに応《こた》える術《すべ》は持たぬやもしれんが、ともに考えあぐね、路《みち》を探しあぐねする構えはある」

大鷹は息を呑《の》む音を立てて一瞬うつむいた。それから思い切るかのように頭をひとふりし、いきなり総門に向かって走り出した。あとを追って精一杯に駆けて行くと、大鷹の行く手に立ちふさがる隼人の姿が見えた。

「やめておけ。勝てんぞ」

静かだが断固とした声音だった。

「手練《てだれ》であるのはようわかっております。それでも、君命にござりますれば」

無理にでも脇をすり抜けようとして、大鷹の肩が左右に動く。

「たわけめ。主命に黙々と従えば、それで責めを果たせるのか。違うだろう。おぬしは立場に囚《とら》われて、生きることをおろそかにしている。それこそ無分別。不忠の極み」

言い返そうとするのを手でさえぎって、隼人はつづけた。

「黙って聞け。おぬしの惑いは剣が邪《よこしま》になっている証《しるし》だ。鈴菜のせいにするな。何が何でも朝次と立ち合いたいなら、まずはその了見違いを正し、好いた女には心静かに別れを告げて、独りで逝《い》くがいい。そうでなければ、残される鈴菜があまりに可哀想だ」

虚《きょ》を衝《つ》かれたのか、あるいは、ようやく救われたのか。大鷹が動きを止めた。立ち尽くす背中を、東の空に昇り初めた更待月《ふけまちづき》が照らす。

「和泉守様は、おぬしを失うことなぞ望んではおられまい」

隼人の声は慈しみに満ちていた。

「父上」

いつの間についてきたのか、後ろに鈴菜がいた。「もう大丈夫だ」そう笑ってやりたくて見返ろうとしたとき、鼻に微《かす》かな臭いが届いた。

十四日の夜に中奥で嗅《か》いだあの臭いだ。埃《ほこり》と汗と黴《かび》を練り合わせて蒸して、暑い最中《さなか》にひと月置いたような。

(この場にいる誰もまだ気づいていまい)

と思う隙に臭いはぐんと強くなり、各自が辺りを見回すまでになった。次の刹那《せつな》、ざあっと音を立てて中空から凍るような風が吹き下りてきて、立っていた皆を地面になぎ倒す。惣介も腰をしたたかに地面にぶつけて、しばし呆然《ぼうぜん》と座り込んだ。

「とりいず　るてん　まこうむ」

例の呪文《じゅもん》が、奈落《ならく》の底で打つ太鼓の音のように、地面を揺るがす。

「とりーーずるてーーんまこうーーむ」

氷の風がヒュルヒュルと泣きながら渦を巻く。

「とりーーずるてーーんまこうーーむ」

隼人が懐から出した手を風に向かって伸ばした。指に件の櫛らしき物をつかんでいる。金物でできた弓形の歯の上に丸い珠飾りが幾重にも並んだ、この国ではついぞ見かけぬ代物だ。

その金物を白いもやが囲い込む。と見る間に、もやも櫛も、闇に溶けたかのように消えた。忽然《こつぜん》と風が止んだ。

「やれやれ。無事に持っていってくれた」

隼人が立ち上がりながら、空になった両手をぱたぱたと打ち合わせて笑った。

惣介の目の端には、大鷹に助け起こされる鈴菜の姿が映った。

(いよいよ嫁にやる支度を始めねばならんらしい)

一難、そしてまた一難。憂き世は縦糸も横糸も厄介ごとでできた反物《たんもの》なのである。

第二話　切支丹絵草紙

（一）

神無月《じゅうがつ》に入ると、暦の約束を違《たが》えず冬がやってきた。あかぎれの指に息を吹きかけ、暇を見つけては火鉢にかじりついて春の気配をじっと待つ。そんな三月《みつき》の始まりだ。

朝は手水《ちょうず》が歯に沁《し》みる。昼は北風が遠慮会釈なしに頬をつねって行き過ぎる。そうしてうっかりしているとすぐ空が茜色《あかねいろ》に染まる。暮れ六つの鐘が早く鳴るようになっても、済ませるべき仕事の分量は夏場と同じだから、たいそう忙《せわ》しない。

（とはいえ、辛抱の季節にも良いことはある）

鮎川惣介《あゆかわそうすけ》は、温《ぬく》もった夜具にくるまって現《うつつ》とまどろみの間を往き来しながら、うっとりとため息を吐《つ》いた。夜明けが遅ければ明け六つの鐘も遅くなる。それだけ長くとろとろぬくぬくと寝床にもぐっていられる。まして非番ともなれば心地よさもひとしお。

（いっそ夜までこうしていようか……）

腹の虫が七転八倒しそうな企てさえ思い浮かべたとき、表から大きな声が聞こえた。

「志織《しおり》殿、こんなに陽が高くなっておるのに、惣介はまだ寝間ですか」

「申し訳ございません。ただ今、起こして参りますゆえ――」

「いや、ご新造《しんぞ》が詫《わ》びることはござらん。当人の自堕落だ。ちと俺が性根を入れ替えてやりましょう」

他人の軒先でこんな無礼なことをわめき散らす奴は、片桐隼人《かたぎりはやと》くらいのものだ。朝っぱらから説教を喰《く》らうのも業腹だ。手早く着替え、備えを固めて……と起き上がるひまに、襖《ふすま》がパンと開いた。刺すような風と一緒にやつれた男前が入ってきた。

「内職に貸本屋でも始めたのか。それとも学問に励んで出世の道を歩むつもりか」

隼人が手に提げた風呂敷《ふろしき》包みから薄っぺらい書物らしき品が三、四冊のぞいていたから、機先を制して小言を封じてやった。で、向こうがものを言い出す前に、夜着にくるまったまま布団に胡坐《あぐら》をかいた。

「突っ立っておらんで、座って火鉢にあたれ。ずいぶん顔色が悪いぞ、寝足りんなら、横になるがいい。そんなこともあろうかと、おぬしのために寝床を温めておいてやったのだ」

「休みなしに馬鹿を言う癖は、幾つになっても直らんな」

憎まれ口はたたいたものの説教を見世開きするほどの勢いはない。隼人は火鉢の脇に腰を下ろし肩を落とした。

（やっと頼ってくる気になったか。やせ我慢が得意でも何の自慢にもならんのに）

惣介は隼人の憔悴《しょうすい》ぶりを横目に眺めて、胸のうちで安堵《あんど》とも憐憫《れんびん》ともつかぬ思いに浸った。

そのうち訪ねると口約束ばかり重ねてひと月。惣介は未《いま》だ隼人を襲った困りごとについて何も聞かされていない。日ごとにしょぼくれていく姿を、ハラハラしながら見守っていたばかりだ。

「で、その包みは何だ」

「ふむ。実は、母が……」

まだ迷う様子で口ごもって、隼人は風呂敷の結び目を解いた。中から現れたのは、絵草紙が五冊。並べたのを見ればどれも同じ物だ。

表紙には蒲《がま》の穂が揺れる河原と振り袖《そで》を着た美しい娘。娘はひざまずいて、流れてきた赤子を救い上げている。右上の角に『ごうけつ　もせたろう伝《でん》』と何の曲《きょく》もない題が太い字で掲げてあった。

「ご母堂が、以知代《いちよ》殿が、手遊《てすさ》びに写本を始めた挙句、病膏肓《やまいこうこう》に入り……というわけではなさそうだな」

隼人の顔色を読んで、惣介は途中でふざけ半分の物言いをやめた。とくと眺めるまでもなく、どれも歴《れっき》とした摺《す》り物で写した品ではない。

「閏葉月《うるうはちがつ》の半ばに、母はひどい風邪を引いてな。それが一向にすっきりせん」

閏葉月と言えば――。

かの月の初めに、倅小《せがれこ》一郎《いちろう》の友、柊又三郎《ひいらぎまたさぶろう》が行方知れずになった。で、四谷《よつや》伊賀《いが》町《まち》の屋敷を訪ねて、隼人に捜索を手伝ってくれるよう頼んだ。

その折には、以知代から「片桐家の当主を、つまらぬ用件で気安く引っ張り回されては困ります。もう幼いときとは違うのでございますよ。大人げない真似は控えていただきませんと――」とか何とかいやみを言われた。つまり、あの時にはいたって意気軒昂《いきけんこう》だったわけだ。

以来、顔を合わせていないが、あのあとじきに寝込んだとすれば、ずいぶんな長患いである。

（鬼の霍乱《かくらん》の店《たな》ざらしだな）

惣介の頭に、虎皮の襦袢《じゅばん》を着た以知代が濡《ぬ》れ手ぬぐいを額に載せてうなっている図、が浮かんだ。とは言え、案じる孝行息子を前に、戯《ざ》れ言をほざくこともできず、楽しい図柄は胸にたたんだ。

「それでも長月《くがつ》に入ってどうにか床上げはしたのだ。が、そのあとも鬱々《うつうつ》と沈みがちでなぁ。食も細った」

以知代の『鬱々と沈みがち』な姿はどうも想像し難い。が、倅が涼しい目を落ち窪《くぼ》ませているのだから、よっぽど打ち萎《しお》れているに違いない。

「重い風邪のあとに気鬱の病が出るのはよくあることだが、以知代殿は元々が丈夫ゆえ、病弱いやもしれんな」

「何しろほとほと手を焼く。早《はよ》う死にたいだの、生きている甲斐《かい》がないだの、ボソボソ愚痴をこぼしていたかと思うと、いきなり八重《やえ》を呼びつけて『病んだからと言うて、ないがしろにされては堪忍なりません』と声を張り上げる」

なるほど。いい男の滴る水も涸《か》れ果てるわけだ。相手が泣き言と嫁姑《しゅうとめ》の言い争いの二刀流では、心頭《しんとう》を滅却《めっきゃく》してさえ火がぼうぼうである。

「それだけならまだどうにかしのげたのだが、この絵草紙の悶着《もんちゃく》が起きて、とうとうおぬしの手を借りざるを得なくなった。すまんなぁ」

「水臭いことを言うな。常日頃、頼ってばかりの俺の立つ瀬がなくなる。それに、おぬしには……いや、まあいい」

鈴菜《すずな》と大鷹源吾《おおたかげんご》の仲人《なこうど》を頼むつもりなのだから、そう、やつれておっては困る――と、本音を漏らすのは遠慮した。相手がしょぼくれていると、いちいち言うことに気を使う。

「それで。絵草紙がどうしたというのだ」

「戯作者は四角亭玉子《しかくていたまご》と一人前に名乗っているが、まだ駆けだしも駆けだしの若造で、これが初めて世に出た絵草紙だ。実の名は京太《きょうた》というて、歳は十九。伊賀町の小さな貸本屋の手代が本業さ。母が其奴《そいつ》をたいそう気に入って、この半月ほどは毎日のように屋敷に呼んでいた。『ごうけつ もせたろう伝』は、縁戚《えんせき》に配ると言うて十冊も買《こ》うてやった。それでもまあ、八重と揉《も》めることも減り、気が向けば信乃《しの》と仁《まさし》の守りもしてくれる。食も進む、笑みもでる。本復も間近だと安堵していたのだが」

隼人はしゃべり草臥《くたび》れたように、ほぉと息を吐いた。

以知代の屈託《くったく》を慰めるために貸本屋を屋敷に呼び寄せ、それが功を奏した。が、そのままめでたしめでたしとはいかなかったらしい。

「一昨日《おととい》、京太はいきなり南町奉行所に引っ立てられた。夕方まで留め置かれてお調べを受けたが、特に責められることもなく解き放ちになった。それで仕舞いかと胸をなで下ろしていたら、明後日《あさって》の朝また出頭するようにと、家主《いえぬし》のところに差紙《さしがみ》が届いた。京太に聞く限りでは、この絵草紙に障《さわ》りがあるらしい」

惣介は首をひねった。

そもそも、江戸市中に出回る書物は、彫ったり刷ったりの前に本屋仲間のとりまとめ役である行事が中身を吟味する。お上の意向を忖度《そんたく》して、その逆鱗《げきりん》に触れることがないように気を配っているのだ。

表向きはそうやって幕府にへつらっているように見えるが、そこは江戸の町人。裏を返せば「こちとら、ここまでやってんだ。四の五の文句をつけるんなら、ただじゃあおかねぇ。いつだって穴《けつ》をまくってやる」くらいの意気地はある。

松平越中守《まつだいらえっちゅうのかみ》（定信《さだのぶ》）が老中として采配《さいはい》を振っていた頃ならともかく、今どき細かなことに目くじらを立てて商人《あきんど》を敵に回すなど考えられない。

ましてや件《くだん》の絵草紙は、わかりやすい絵の様子といい仮名ばかりの題名といい、ありふれた女、子ども向けの品だ。しかも文化《ぶんか》年間にだされたふれを律儀に守った粗末な墨摺《すみず》りで、まことにしおらしい。

隼人を待たせて話の筋を拾ってみたが、川に流されたところを大名の姫君に助けられたもせたろうが、たくましく賢く育って、鬼ヶ島《おにがしま》に囚《とら》われていた仲間を助け出す。それだけの幼い話である。

「最後に天から賜《たまわ》った杖《つえ》で海を割って、鬼ヶ島から逃げ出すところなぞは、なかなか工夫してある。とは言うても、大筋は『桃太郎』の引き写しではないか」

もせたろうが川を流れてきたところといい、鬼退治といい。絵草紙が赤本と呼ばれていた頃から子どもに気受けの良い「桃太郎」そのままである。鬼との戦を手伝う犬、猿、雉《きじ》が、蛙《かえる》、虻《あぶ》、蝗《いなご》に替えてあるだけだ。お上の詮議《せんぎ》に引っかかりそうな箇所は見当たらない。

「それにしても、罪科を糾《ただ》すなら、先《ま》ずは大番屋《おおばんや》だろう。いきなり町奉行所に呼ばれたのは解せんな」

「他にも解せんことはある。京太の取り調べは、南町奉行、筒井紀伊守《つついきいのかみ》（政憲《まさのり》）様がじきじきになされたらしい。吟味与力の同席もなかったようだ」

おかしな話だった。訴訟であれ公事《くじ》であれ、たいていのことは吟味与力が仕舞いまで処理する。人死にが出たわけでなし。たかが絵草紙ごときで町奉行が御出座とは、どうなっているのか。

「そう聞いて、母はまた粥《かゆ》も喉《のど》を通らんようになった」

それも解せない。

以知代は五臓六腑《ごぞうろっぷ》の隅から隅まで、武家の誇りで充《み》ち満ちている婆さんである。あの凝り固まった頭のうちでは、人は武士のみ。町人は犬猫と変わらぬ生類《しょうるい》のはずだ。貸本屋の京太がどれほど人好きのする客あしらいの上手な手代で、以知代が大いに贔屓《ひいき》にしていたとしても、朝夕のものが食べられなくなるほど気を揉むのは、似合わぬ態度だ。

「町人ひとりをそこまで案じるとは、よほどの理由《わけ》があるのか」

惣介の問いに、隼人は困った様子で眉《まゆ》をひそめた。が、じきに諦《あきら》め顔でしゃべり出した。

「京太が初めて屋敷に来たとき、母はたいそう喜んでな。京太が顔立ちといい、とぼけたことを言う様といい、おぬしの幼い頃によう似ておると言うのだ。京太を見ていると、俺やおぬしが元服前のにぎやかな昔に戻ったようだと。それで元気も出た」

　意外だった。同時に、子どもの頃、以知代に、美味《うま》い汁粉や出来の悪い海苔《のり》巻きを食わせてもらったこと、埃《ほこり》だらけの体に頭から水を浴びせられたこと、障子や唐紙に大穴を空けて叱り飛ばされたこと、手習いを怠けてこんこんと愚にもつかぬ説教をされたこと、あれこれが懐かしく思い出された。

　以知代が童だった自分に慈しみを抱いてくれていた。あの頃を嬉《うれ》しい記憶として胸に刻んでくれている。そう知って胸が温かくなった。ここでひと肌もふた肌も脱がなくては、武士がすたる。

「ああ、わかったわかった。皆まで言うな。これから出かけて、以知代殿がぺろりと平らげるような美味い昼餉《ひるげ》を作る」

　隼人はいっそう弱り果てた顔になった。

「いや。今おぬしの顔を見れば、母はますます――」

「ああ、そりゃあそうだ。気の利かぬことを言うた。俺の顔を見れば京太のことが思い出されて、余計に気が沈む。もっともだ。ならば、腕によりを掛けてとびきり上等の弁当を――」

「いや、それより他に頼みたいことがある。どうか聞き入れてもらいたい」

隼人が矢庭に両手を畳について頭を下げたから、惣介は大慌てで夜着を放り出し、寝床から転がり出た。

「おい、よせ。頭なんぞ下げんでも、おぬしの頼みなら何でもきく。ひと肌でもふた肌でも脱ぐ。飯を食うなという以外なら、何なりと言うてくれ」

「表に京太を連れて来て待たせてある。すまぬが、彼奴《あやつ》を末沢主水《すえさわもんど》に引き合わせてやって欲しい。もうひとつ。主水にこの『ごうけつ　もせたろう伝』を読んでもらいたい」

なにゆえ主水か。きょとんとする惣介に、隼人が声を落として告げた。

「実はこの絵草紙、切支丹《きりしたん》のご禁制に背いているらしい」

「切支丹だぁ。今どき、そんな昔話がどこから出てくるのだ」

切支丹信仰が禁じられたのは、慶長《けいちょう》十七年（一六一二）。二百年以上も前の話。最後に密入国してきた伴天連《ばてれん》（宣教師）が江戸で病死したのは、七代将軍の御世《みよ》だ。

その者を押し込め暮らさせていた切支丹屋敷は、小石川小日向《こいしかわこひなた》にあったが、それも享保《きょうほう》十年（一七二五）の如月《にがつ》に焼けて、今は跡形もない。江戸城中の多門櫓《たもんろ》に焼け残った文書や祭具が保管されているだけだ。

昨今の江戸では、切支丹と聞いても何のことか知らない者が大方だろう。惣介にしたって、「もせたろう」のどこが切支丹なのかさっぱりわからない。が、なるほど、切支丹とくれば主水の出番だ。

(にしても、よりにもよって今日か)

惣介は、脱ぎかけた肌を一枚目も二枚目も着直したくなった。さらに三枚、四枚着込みたくなった。

今日だけは主水の住む新離れに近寄りたくない。それだけの事情があった。

(二)

長月《くがつ》の晦日《みそか》。天文方筆頭《てんもんかたひっとう》兼書物奉行《しょもつぶぎょう》の高橋作左衛門景保《たかはしさくざえもんかげやす》が、主水に文を寄越《よこ》した。

『ご達見をうかがいたき儀これあり。書面にては憚《はばか》り多き事柄にござ候えば、是非お目に掛かりて――云々《うんぬん》』

要するに、内密の相談事があるから会いに来たい、という話だ。それだけなら、何ということもなかった。

英吉利人《えげれすじん》の主水は、この国に漂着してのち二年ほど、景保の屋敷で世話になっていた。その間に英吉利の言葉や事情を指南していた経緯も在る。相談の中身はおそらく、この国の海を騒がしくしている外《と》つ国の船どもについてだろう。

紅顔《こうがん》やら青鈍《あおにび》色の瞳《ひとみ》やらをさらして江戸の町をうろつくこともかなわず、主水は連日終日、台所組組屋敷の門内にこもって閑《ひま》にしている。いつなりと訪ねてもらえばよい。惣介が不在でもなんら困ることはない。

だが、主水は首を横に振った。

「せっかく高橋様がお運び下さるのです。何としてもそれがしの料理でもてなさねばなりません。となれば、無論、お師匠様にも居ていただかなきゃあ、埒《らち》が明きませんぞ」

景保とは惣介も幾度か顔を合わせている。世話にもなった。気さくな人柄で、旗本には珍しく御家人を見下すこともない。ざっくばらんな話しぶりは、聞いていて心地好《よ》い。それでも旗本は旗本。惣介にとってはやはり気ぶっせいな相手だ。できれば会わずに済ませたかった。

「おぬしに用があってお出《い》でになるのだ。お話を傾聴し、それについておぬしなりの意見を述べれば良い。秘密の話があると仰《おっ》しゃっているのだから、むしろ俺がいないほうが好ましかろう。茶請けの支度は俺が済ませておく。それで上々ではないか」

「いやいや。茶請けのみでお迎えするなぞ、論外でござる」

惣介の至極真っ当な言い分を突き出た鼻で吹き散らし、主水はぐっと身を乗り出した。

「実はもう決めております。故国の母がいつも拵《こしら》えてくれた、鶏《とり》の〈ぷでぃんぐ〉。高橋様には一度あれを馳走《ちそう》して差し上げたかった。それがしも、お師匠様の許《もと》でずいぶん料理の腕を上げ申した。機は熟した、でござんすよ」

去年、ふみと伝吉《でんきち》が麻疹《はしか》で何も食べられなくなったとき、主水は、そんなような名前のものを作ろうとして大失敗をしでかした。「あれをまた作るのか」と訊《き》くと、呆《あき》れたように目を見開いた。

「〈でぃざぁと〉じゃありゃしません。鶏の〈ぷでぃんぐ〉は、夕餉《ゆうげ》の膳《ぜん》に載せる料理ですからね」

わかりきったことだろうと言いたげだが、こっちはさっぱりわからない。鶏の〈ぷでぃんぐ〉が如何《いか》なる物か知れないまま、主水だけが自信満々でいた。

八代将軍吉宗《よしむね》が御膳に南蛮料理を取り入れた例《ためし》もあって、御膳所の台所人たちは

「くじいと」だの「かすていら」だの南蛮料理の名を憶《おぼ》える。作るための道具や竈《かまど》も揃っている。御前に出すことはなくとも拵える稽古《けいこ》はする。

だが、手間暇《てまひま》のかかる割に美味く仕上がらず、がっかりすることが多かった。揃えられる材料・道具が、南蛮とはどこか違っているせいもあるだろう。

なにせ、〈ぷでぃんぐ〉とやらに挑もうとすれば、ややこしいことになるのは必定だ。それゆえ説得にこれ努めた。

「無理をして手の込んだ物を饗《きょう》することはない。修練を重ねてきた飯と味噌汁《みそしる》を作ればよかろう。さすれば、高橋殿に修業の進み具合もご披露できる」

が、主水はあくまで頑固だった。

「そんなありふれたものでは、もてなしの『も』の字にもなりゃしません」

と言い捨てたっきり、あとはぷいと黙り込み、耳に蓋《ふた》、口に糊《のり》。こちらが何を言っても、めん玉さえ動かさない体たらく。依怙地《いこじ》の権化《ごんげ》に育ちつつある鮎川家の惣領《そうりょう》、小一郎も顔負けの強情っ張りぶりであった。

主水の飯と味噌汁は、決してありふれていない。

もちろん屋敷に来たばかりの頃よりはずっとましになったが、それも日々の指南役であるふみの助けがあってのこと。ひとりで拵えたら、世間にふたつとない難儀《なんぎ》な味の一品ができあがる。

常日頃、立場をわきまえぬ郭通《くるわがよ》いを取り沙汰《ざた》される景保である。口も肥えていよう。主水の味噌汁を啜《すす》ったなら、二の句が継げないどころか一の句も出まい。もてなしは無理でも声なしにはできる——そう太鼓判を捺《お》してやりたかった。

だが、ほとんど匙《さじ》を投げているとはいえ、一応「お師匠様」と呼ばれる身の上である。あまり辛辣《しんらつ》なことを口にして、弟子のやる気をなくさせるのもためらわれた。

母の思い出が詰まった料理を振る舞いたいという心根にもほろりとさせられた。

結果が三日に及ぶ大わらわである。

主水によれば、鶏の〈ぷでぃんぐ〉は、

「油を塗った鉢に〈ぱい〉を敷く。刻んだ鶏肉と〈すかりおん〉を、鶏の茹《ゆ》で汁で和《あ》えて〈ぱい〉の中に入れる。鉢に〈ぱい〉で蓋をする。で、鉢ごと〈ちーずくろす〉にしっかり包んで上端をきつく縛り、沸騰した湯で一刻《いっこく》（約二時間）ほど茹でる」

と出来上がり、だそうだ。

〈ぱい〉とはどんなものか、と訊くと「うんと平たく伸ばした『ぱん』のようなものでござんすよ」と言う。

それでいっときは安堵《あんど》したのだ。出来っこないと知れたからである。

主水の言う「ぱん」は、南蛮人や紅毛人にとっては、この国の白い飯と同様に、膳には欠かせぬものだ。が、飯炊き釜《がま》で炊けば一丁上がり、とはいかない。「風呂《ふろ》」と呼ぶ竈が要る。その中で焼くのだ。

竈風呂――蒸し風呂に似ているところから「風呂」と名づけられたこの竈は、高さ五尺（約一・五メートル）幅、奥行き四尺（約一・二メートル）。先端に向かって少し細長くなった釣鐘型をしている。石を積み、七、八寸（二十一～二十四センチ）の厚さに土で塗り固めた大竈だ。

無論、城中にはある。だが、ちょいと拝借してとはいかない。

「そいつぁ無理だ。『風呂』がない。『風呂』なしでは『ぱん』は焼けんからなあ。まったくもって残念至極」

「いやいや、ご案じなさいますな、お師匠様。〈ぷでぃんぐ〉は焼かずとも出来るのです。『ぱん』の種を薄く伸ばして使うのですからね。『ふるめんと』さえ作ってしまえば、あとはちょちょいのちょいでござんしょ」

あっさり返されて、逃げ場がなくなった。確かに。焼かなくて良いなら、離れの台所でも出来そうではある。ちょちょいのちょいのはずはないが。

「ふるめんと」は、麦の粉一升（約九百グラム）を甘酒で練り、ひと晩、器の中で寝かせて作る。

さらっと書けば簡単な手順だが、この甘酒が、そこらの棒手振《ぼてふり》が売り歩く甘酒とはまるで違う。饅頭《まんじゅう》の皮に用いられ「饅頭の酒」と呼ばれる品だ。菓子屋が作り方を口伝・秘伝としている別格な甘酒である。

極上の糯米《もちごめ》を丁寧に精白して柔らかく炊き、冷めないうちに「饅頭麹《こうじ》」――これもまた上白米を用いた特別な麹だ――をほぐし混ぜる。これを縁いっぱいになるまで飯櫃《めしびつ》に詰めて、湯気の出る隙がないようにきっちり蓋を閉め、熱湯を張ったひとまわり大きな桶《おけ》に浸《つ》けて湯煎《ゆせん》にする。桶にも蓋をして、湯が冷めにくいよう布で包んでひと晩。じっくり熟成させたところで布袋に移して汁を絞る。

さらぁに――とまあ、つらつら書き並べれば、甘酒だけでこの二倍、三倍の手順がある。主水の言うような『さえ作ってしまえば』で片づく話ではない。職人の技があってこその品で、惣介が手を出しても一朝一夕《いっちょういっせき》には真似できない。

そこで、一昨日《おととい》は早番から下城したあと、深川佐賀町《ふかがわさがちょう》の《船橋屋《ふなばしや》》まで足を運び、無理を言って、小さな徳利《とっくり》に秘伝の「饅頭の酒」を分けてもらった。御広敷《おひろしき》御膳所台所人のお役目を楯《たて》に取ったのである。

〈ちーずくろす〉は、欧羅巴《えうろぱ》の国々で汁を漉《こ》すときに使う、風呂敷みたいな布だそうだ。

主水が「ですが、この国の晒《さら》しよりは厚地です」とつけ加えたから、志織に頼んで晒しを三つ重ねにしたのを、幾枚か縫わせた。

〈すかりおん〉は葱《ねぎ》と似ていると聞いて、出盛りの根深《ねぶか》を六本、青物市場で買い求めた。鶏のよく太ったのを一羽、大枚をはたいて手に入れ、臓物を取り出し中を洗った。

材料をすべて揃えて肩の荷を下ろしかけたところで、

「〈ぷでぃんぐ〉には〈わいと・そーす〉をかけねばなりません」

と言い出されたときには、さすがにむっとした。

〈わいと・そーす〉は牛の乳で出来たタレのようなものだと言うから「酢味噌《すみそ》のタレでも、醬油《しょうゆ》の甘辛タレでも添えたらよかろう」と返したら、それはそれは悲しげな顔をする。仕方なく、御膳所から燗《かん》徳利一本分の牛の乳を「ごみ」として持ち帰った。

切り身は魚一尾から二枚用いるだけ。残りは「ごみ」としてもらい受ける——御膳所台所人の内緒の役得ではあるが、湯呑《ゆの》み茶碗《ぢやわん》一杯が一両もする牛の乳は、普段「ごみ」にはならない。組頭の長尾清十郎《ながおせいじゅうろう》に知れたらどんなお咎《とが》めを被るか、思うだけでも恐ろしい。

挙句に、昨夜《ゆうべ》は昨夜で、遅番を終えて草臥《くたび》れ果てて戻ってから、「ぱん」の種作りにまでつき合わされた。これがまた難行。

さらさらになるまで何度もふるった麦の粉一斗《いっと》（約九キログラム）に砂糖六百四十匁《もんめ》（約二・四キログラム）、そこへ前の晩に支度しておいた「ふるめんと」を加え、水を足して指で引っ掻《か》くように混ぜてまとめる。

そこそこまとまったら、手にべたべた貼りつくのを台に置き、掌《たなごころ》で押しつぶすように伸ばして畳む。それをまた伸ばして畳む。伸ばして畳む。ときどき台に叩《たた》きつけては、また伸ばして畳む。延々とその繰り返しだ。

四半刻《しはんとき》（約三十分）もつづけると、腕《かいな》と肘《ひじ》が怠《だる》くてどうにもならなくなった。

主水のほうは、一日の役目を終えて疲労困憊《こんぱい》の惣介が、うんうん言いながら奮闘しているのに、こちらの機嫌を斟酌《しんしゃく》するでもなく、腹の辺りで腕を組んでがっかりした顔でいる。

「お師匠様。弟子の分際でこのようなことを申し上げるのは、まことに心苦しいのでございますが、母のやり方と異なっているようでござんすよ。も少し腰をしっかり据えて力一杯に押していたかと。それに、もっとグンと広く伸ばしてから畳んでいたような気もいたしやす。台にぶつけるときの勢いも足りぬ気がします」

「知ったことか。ならばおぬしが手本を見せてみろ」

「それがしがお師匠様に手本を見せては、無礼が過ぎましょう。そんな差し出がましい真似はできやしません」

庇《ひさし》のように突きだした額に皺《しわ》を寄せて真顔で言うのは、馬鹿にしているのか、惣介の顔を立てたつもりなのか。とにかくすっかり嫌気がさした。

「え～い。今日の指南《しなん》はこれで仕舞いだ。俺のやり様は充分に見ただろう。つづきはおぬしがやれ。母御の姿を思い浮かべつつ、稽古《けいこ》に励むがいい」

言い置いたっきり新離れを出たものの放り出すのは気が差したから、古い離れに顔を出してふみに〈ぷでぃんぐ〉作りを手伝ってやってくれるよう頼んだ。それから麦の粉がへばりついた手を井戸端でゴシゴシ洗い、汁かけ飯を三膳《ぜん》かっ込んで、寝床にもぐり込んだ。

あとがどうなったかは、あずかり知らぬ。

高橋景保は、今日の昼九つ頃に訪ねてくる。〈ぷでぃんぐ〉はそれまでに出来ていなければならない。が、早起きして様子を見に行けば、きっと巻き込まれてえらい目に遭わされる。

惣介にとっても、ふみにとっても、生まれてこの方、一度も見たことも食したこともない料理である。しかも道案内が主水ときては、果たして無事に出来上がるかどうか、はなはだ心許《こころもと》ない。

とは言えまあ、材料が食べられる物なのだから、食して命を落とすことはあるまい。ふみと食わされる景保には気の毒だが、このまま夜までそ知らぬ顔でいよう。固く決めた心は、朝目覚めても揺らいでいなかった。

が、隼人には『何でもきく』と請け合った。どうしたって離れまで行かずばなるまい。惣介は仕方なしに青梅縞《おうめじま》の綿入れを着込んで帯を締めた。

寒さに目をしょぼつかせながら座敷を出ると、茹《ゆ》で鶏《どり》の微《かす》かな匂いが漂う三和土《たたき》に、背の低いぽっちゃりした若い男が立っていた。瓢箪《ひょうたん》型の顔に丸い鼻にきょろんとした目。その目尻《めじり》が涙で湿っている。おびえて泣いていたのではない。待ちくたびれて大あくびをしかけたところへ襖《ふすま》が開いたから、無理矢理に抑え込んだところだ。

か)
(切支丹の疑いをかけられているというのに、肝が据わっているのか、呑気者《のんき》なの
多少は幼い頃の自分に似ているような気もするが、これほど利かん気な顔つきは
していなかった……と思う。
「お初にお目にかかります。京太でございます。朝っぱらからご面倒をおかけして、
相すみません」
お店《たな》の躾《しつけ》が良いらしく行儀はきちんとしている。が、挨拶《あいさつ》を終えて上げた顔を見
れば、ちょっと小狡《こずる》そうな雰囲気もあって、狸と言うより猿である。
「けど、手前の『もせたろう』はそりゃあ良い出来でございましてね。どこがいけ
ないんだか、てんで御番所の料簡《りようけん》がわかりませんので」
不敵な面構えで言いたい放題。奉行所でもこんな調子で吹いていたのだろうか。
よく帰してもらえたものだ。
「まあ落ち着いて話を聞かしてくれ。その上で、お咎めを受けずに済むよう策を練
ろう」
なだめながら主水の住む離れに近づくと、中からふみの声が聞こえた。
「はっきりしておくんなさいましな。香りづけのためなら、葱は細かく刻んだほう

がようござんすし、とろっとした舌触りが欲しいんなら、大きめに切ったほうがようござんしょ」

「面目次第もござらん。ただ美味《うま》かったと憶《おぼ》えだけあって、〈すかりおん〉がどのくらいの大きさだったか、とんと思い出せん」

「おやまあ。おっかさんもお気の毒に。せっかく丹精して作っても、倅がぼんやり食べていたんじゃ張り合いがありゃしませんよ。うちの伝吉だって、あたしが味噌《みそ》汁《しる》に入れる豆腐をどんくらいの大きさにするか、ちゃぁんと知ってますよ。しょうがない。鶏肉はさいころに切りましたから、葱《ねぎ》もざく切りにしちまいますよ。それでようござんすか」

「はい。それでお願いいたしやす。かたじけない」

主水の潮垂《しおた》れた声が、耳に心地好《よ》い。濃密に脂の匂いを含んだ出汁《だし》の香りが、鼻に心地好い。ひと嗅《か》ぎで、鶏がふっくら茹だったとわかる。

〈ぷでぃんぐ〉が上手《うま》く出来上がらなくとも――おそらく上首尾とはいくまい。いや、食べ物の体をなしているかどうかさえ危うい――この汁で飯を炊いて鶏飯《けいはん》が作れる。そう思いつくと寒いのも苦にならなくなった。

戸を開けると、体も心もふうわりと温めてくれる匂いがあふれ出した。

鶏の脂の浮かんだ茹で汁、塩梅《あんばい》良くしっとり茹であがった鶏肉、葱。それらがひとつになった美味《おい》しい湯気が、台所を満たしている。主水がとんちきを言い散らかしたにもかかわらず、ふみは着々と〈ぷでぃんぐ〉を完成させつつあるのだ。

安堵して見ればふみはすでに葱を刻み終え、底の平たい浅鉢に菜種油を塗っては、鉢に合わせて切った「ぱん」の種をぺたぺた敷き詰める作業に入っていた。その傍で主水が大きな図体《ずうたい》を縮めて、もたもたとぺたぺたを手伝っている。

鉢は全部で五つ。脇に置いた大鉢の中で、昨夜《ゆうべ》、惣介が丹精した「ぱん」の種が、滞《とどこお》りなく、もこもことふくらんでいた。

「おや、旦那《だんな》。おはようございます」

ふみが挨拶をくれた。晴れやかな笑顔で、瞳《ひとみ》も和んでいる。昨夜来だいぶん苦心したに違いないが、面倒を押しつけたことを怒ってはいないらしい。

「ずいぶん世話をかけた。すまんなあ」

詫《わ》び言に再び笑みをもらって、ほっと胸をなでおろす。途端に、起き抜けを隼人に襲われたっきり飯粒一つ食べていない腹が、きゅるきゅる鳴りだした。

「ふみさんのおかげで、高橋様に良いもてなしができそうだ。俺もちと手伝うかな」

忙しい思いをさせた上に、後れ馳《ば》せながらとやって来て、いきなり何か食べさせてくれとは言いづらい。手伝うついでに、茹で肉をひと切れ二切れ頂戴《ちょうだい》する算段である。惣介は大鍋《おおなべ》に鉢が浸《つ》かる高さまで水を汲《く》んで、竈《かまど》に載せた。

「おやまあ。いいんですよ、旦那。主水さんにご用があるんでございましょ。こっちはあたしひとりで平気ですから。炉端へどうぞ。種があんまりいっぱいあったんで、丸めて蒸籠《せいろ》に蒸してございますよ。味見しておくんなさいまし」

ふみは何でもお見通しだ。思わず手を合わせて拝みたくなった。

（三）

竈で薪《まき》がはぜ、囲炉裏にはカンカンと炭が熾《おこ》って、炉端はほこほこと暖かかった。いつものように、主水は三浦按針《みうらあんじん》の末裔《まつえい》であると嘘の話を並べて、京太を主水に引き合わせた。

隼人が絵草紙を取り出して経緯《いきさつ》を話している間に、惣介は熱い茶を淹《い》れた。蒸籠の中には、ふっくらと蒸し上がった餡《あん》のない饅頭《まんじゅう》みたいなものが、たっぷり入っていた。「風呂《ふろ》」で焼いたほうを知らない江戸の町雀は、これを阿蘭陀人の言う「ぱん」だと思っている。

「これは、はふっはふっ、これで美味い。ふわふわして麦の粉の滋味がある」

惣介が三つ四つと平らげている間も、ふみはたゆみなく手を動かしていた。

塩胡椒《こしょう》で味つけした鶏肉と葱を少量の茹で汁で和え、パン種を敷いた浅鉢にこんもりと盛り、別に取り分けていたパン種をかぶせて端を器用にとじ合わせてやる。

これを油を塗った〈ちーずくろす〉に載せ、巾着《きんちゃく》のように上を絞って紐《ひも》でぎゅっと結ぶ。で、そのまま沸き立つ鍋の中へ入れて茹でる。

切らないうどんで具を包んで茹でる、みたいな趣向だが、それで味が上がるかどうか。《船橋屋》を困らせてまで〈ぱい〉を支度する必要があったろうかと思う。

(紅毛人のすることは、どうもようわからん)

首を傾げかけたら、なら饅頭はどうなる、清国《しん》にも蒸して作る肉饅頭《まんとう》がある、と思いついてしまった。

(それはまた、別の話だ)

蒸すのと茹でるのは違う。そもそも饅頭も肉饅頭も俺にいらぬ世話を掛けたりしない。そうおのれにおのれで言い返して炉端に目をやる。

で、初めて気づいた。蒸したての餡なし饅頭を味わって満ち足りた気分になっているのは、ひとり惣介だけだ。絵草紙をめくっている主水も、それを見守っている隼人も難しい顔をして、茶にさえ手を出していない。京太はちらちら皿を横目に見ているが、気が差すのか茶だけ飲んでいる。

「おぬしらは食べんのか。なら俺が全部いただいてしまうぞ。冷めると不味《まず》くなるからなあ」

言い終える前に、京太が手を伸ばした。

「それでは遠慮のう頂戴いたします。おっと、熱っつ」

ひと口で半分ほども頬張って、嬉《うれ》しそうな顔になる。それを待っていたかのように、主水が大きくうなった。

「ううむ。これはいけませんな」

主水の顔は青ざめている。隼人が口をへの字に結ぶ。京太は饅頭を口から離す。

惣介はそれを眺めながら、残りの饅頭ふたつを手に持った。急《せ》いては事を仕損じる、だし、腹が減っては戦は出来ぬ、だ。

「これは〈ばいぶる〉にある〈もーじず〉の話でござる」

惣介、隼人、京太、三人ともが要領を得ない顔をしたから、主水は途方に暮れた風に天井を仰いだ。それから内緒話をするように声をひそめた。

「〈ばいぶる〉とは切支丹の経文《きようもん》でございます。これ以上はお話しできません。この国で切支丹のことを広めるのは法度破り。お咎《とが》めをこうむっては困りますからね。くわばら、くわばら」

法度破りというなら、主水がここにいること自体がすでに禁を犯している。

「きりしたん、とは何のことでございますか。御番所でも、きりしたんのことは捨て置けぬ、とかなんとか糺《ただ》されたのですが」

京太は困り顔で、ぽりぽりと月代《さかやき》を掻《か》いた。

「わけがわかりませんので、桐《きり》だの紫檀《したん》だの、そんなもったいない板を使って刷ってはおりません、版木は皆が使う山桜、紙も漉《す》き返しで、と申し上げたんです」

剛胆なのでもお気楽なのでもない。京太は自分の立場がわかってないだけらしい。そりゃそうだ。切支丹という言葉さえ知らないのだ。絵草紙で切支丹の教えを広めようとした、と疑われる恐ろしさが身に迫らなくとも当然である。

お咎めがあるかもしれないと隼人に脅されても、山東京伝《さんとうきようでん》の例《ためし》に倣って手鎖の刑でも受ければ戯作者として箔《はく》がつく、くらいに軽く考えていたのだろう。

立場がわかっていないのは主水も同様で、止める者もないまま勝手にしゃべりつづけていた。

「それがし、踏み絵なんぞはちっとも怖くござらん。あのようなものは偶像崇拝にすぎんのですから。けれど〈くろす〉を粗末に扱えと命ぜられたら、ついためらって、拷問にかけられるやもしれず。この国が切支丹をひどく迫害したのは、故国でもよく知られておりましたよ。逆さ吊《づ》りやら水責めやら――」

「逆さ吊り」

主水の話にかぶせて、京太の声が裏返った。

「なぜでございます。手前はただ頼まれたとおりに話をこしらえただけで、何にも存じませんのに。それで逆さ吊りとはあんまりでございます――」

「え～い、やかましい」

隼人の一喝で、ふたつの口が閉じた。

「おい、京太。お前、今さっき『頼まれたとおりに話をこしらえた』と言うたな。初耳だ。教えてもらおうか。いったい誰に頼まれたのだ」

隼人がのしかからんばかりに身を乗り出す。京太の目が泳いだ。

「そ、そんなことを申しましたでしょうか。拷問と聞いてあわてましたので――」

「奉行所でも、そうやってすっとぼけて見せたのか」

「そのようなことは訊《き》かれませんでした」

うつむいて口をつぐむ京太に、隼人は鼻息を浴びせかけて胡坐《あぐら》をかきなおした。

「まあいいさ。言わぬならそれでもかまわんがな。せっかくお咎めを受けずに済むやもしれん言い開きが見つかったというのに、京太が聞く耳を持たぬなら仕方がない。逆さ吊りは苦しいぞ。明後日はしっかと臍《ほぞ》を固めておけ」

京太は一瞬すがるような目を隼人に向けたが、すぐにぷいと意地を張る顔になった。逆さ吊りは御免こうむりたいが、他の者が考えた話で絵草紙を出したと認めるのも恥ずかしくて嫌なのだ。惣介は餡なし饅頭を膝《ひざ》に下ろして、腹に力を込めた。

「馬鹿者。えらそうに戯作者面をするな。『もせたろう伝』なぞ、狸《たぬき》が『桃太郎』に化け損ねたくらいの駄作だ」

新米戯作者殿が団子の目をぎょろりとむいて、こっちをにらむ。へっぽこな作物《さくぶつ》でも、けなされるのは気に入らないらしい。切支丹絡みの処罰なぞ、惣介にとっても昔話。見たことも聞いたこともないが、ここは、ちと怖がらせてやらねばなるまい。

「知らぬようだが、切支丹に関《かかわ》ったとなれば罪は重いぞ。逆さ吊りで済めば良いが、今のままでは死罪は免れまい。火炙《あぶ》りになるやもしれん。絵草紙と命を引き替えにする覚悟があるのだな」

京太の顔から一気に血の気が引いた。小刻みに震える手から、饅頭が転げ落ちた。もったいない。以知代はどこをどう間違えて、この間抜けと自分を似ていると思ったのやら。

「そりゃ、ご無体でございます。言いたくたって、頼んできたのが、どこのどなたか知らないんですから、お答えの仕様がございません」

ああ、と大きなため息をついて、京太は頭を抱え込んだ。

「『もせたろう伝』ってぇ題で、川を流れてきたもせたろうがお姫様に助けられて、最後に天から賜《たまわ》った杖《つえ》で海を割る話で、きっと蛙と虻《あぶ》と蝗《いなご》を出すように——と細かい注文で。そんだけ幅を狭められては、『桃太郎』に似せるより他に話の作りようがございませんよ」

そんなことはない。舞台を鬼ヶ島にする要はなかったし、蛙と虻と蝗をもせたろうのお供にしなくてもよかった。こんな調子では、猿《さる》と蟹《かに》と柿の木の出てくる話、と頼まれたら、『猿蟹合戦』の出来の悪い贋物《がんぶつ》を書いたに違いない。

戯作のことはよくわからない。が、料理で考えてみればすぐわかる。

鯛《たい》と火と塩を使ってひと品作れと命ぜられて、塩焼しか思い浮かばなければ、台所人は務まらない。天ぷらにして塩を添えても良いし、鯛飯を炊いても良い。切り身に薄塩をして泡立てた卵白を載せて蒸す泡盛鯛《あわもりだい》でも、潮汁《うしおじる》でも——。

(此奴《こやつ》は戯作者より貸本屋の手代のほうがよほど向いている。なにしろ、あの気難しい以知代殿を気鬱《きうつ》の病から救ったのだからなぁ)

惣介が胸のうちできっぱり引導を渡しているのも知らず、京太はぐずぐず泣き言を並べていた。

「だから、手前は、他人様《ひとさま》の考えた筋で書くのは嫌だって申し上げたんです。けど、あのお武家が、絵草紙を作れるよう一両二分出してやる。それで一回だけ頼んだように書いてくれればいい。残った銭と最初の絵草紙の稼ぎで次から好きに書けばよかろう。そう仰《おっ》しゃるから。それなら悪くない話だと、つい乗ったのが間違いでございました」

京太の側が金を出したのなら、「もせたろう伝」は入銀《にゅうぎん》本、おそらく素人蔵板《ぞうはん》(自費出版)である。本屋仲間の吟味も通っていない。だから、切支丹のこともひっかからないまま、絵草紙ができ上がってしまったのだ。話を持ちかけた侍は、初手からそれを狙っていたとも考えられる。

どれだけ刷ったか知らないが、一両二分は絵草紙を作るだけで消えただろう。曲《きょく》亭馬琴《ていばきん》や十返舎一九《じっぺんしゃいっく》のような売れっ子なら別。駆け出しの戯作者の絵草紙だ。書き手に儲《もう》けが出るほど売れることなど滅多にない。すぐに稼ぎが出ると算段していたとは、ずいぶん自惚《うぬぼ》れたことだ。

「その侍とはどこで会った。見世に来た客か」

隼人の声は相変わらず尖《とが》っている。

「いえ。片桐様のご隠居様に御本をお届けした帰りに、御門の近くで声をかけられました」

となると、相手は待ち伏せていたとも考えられる。惣介と隼人が顔を見合わせたところで、主水がしゃべりだした。

「どうもわかりません。絵草紙で江戸に切支丹の教えを広めようとしたなら、なにゆえ〈もーじず〉の話を選んだのでござんしょうね」

訊かれても、〈もーじず〉が何者か知らないから答えようがない。主水はまたも思案に暮れた顔で天井を眺め、茶を啜《すす》った。

「つまり、切支丹が禁じられる前には、葡萄牙《ぽるとがる》や西班牙《すぺいん》の伴天連が、〈でうす〉〈えそ・きりすて〉〈さんた・まりあ〉のお話や御名によって多くの信者を獲得していたのですよ。このお三方は、言わば宗門のご本尊で、救いを求める衆情に訴えやすいからです。なぜ、絵草紙にそちらの物語を使わなかったのか。ありがたみの伝わりにくい〈もーじず〉なのか。不思議でございましょう」

確かに。今の江戸で初めて仏教の教えを説こうとするなら、釈迦牟尼《しゃかむに》から始めるのが早道だろう。三蔵法師《さんぞうほうし》や孫悟空《そんごくう》で始めては、言いたいことが上手く伝わるまい。

「京太を雇った侍の目当ては、切支丹の宗旨《しゅうし》を売り込むことではなかった——では、何がしたかったのだろうな」

あるいは、と頭に浮かんではいたが口にしたくなかった。かわりに、隼人が腕を組んで仏頂面になってしゃべり出した。

「俺か片桐の家か、それとも京太か。狙いがどこかはわからんが、切支丹禁令に背いた罪をなすり付けようとしたように思える。其奴《そいつ》は〈もーじず〉を知っているほど、切支丹の経文に詳しい」

京太が水から引きずり出された魚のように口をぱくぱくさせたが、声にはならなかった。

絵草紙を扱う地本問屋《じほんどんや》や貸本屋にはたくさんの本がある。たまたま切支丹の経文をよく知っている者が、たまたま京太の「もせたろう伝」を手にとってそれが切支丹にまつわる話であると気づき、自身が切支丹に詳しいことを咎《とが》められる危険を顧みず奉行所に駆け込む、なんてことはまず考えられない。まして素人蔵版であれば、扱ってくれる見世も限られる。

どこの誰であれ、「もせたろう伝」の絵草紙を持って奉行所に「おおそれながら」と訴え出たのは、京太に声をかけた侍に違いない。その侍は見世先ですぐ見つけられるよう、わざわざ「もせたろう伝」と題を指定した。そして楽々と京太の絵草紙を捜しだした。

金をかけ、手間をかけ、切支丹禁令という薄氷をバリバリ踏みつぶし、その侍は何を目論《もくろ》んでいるのか。

「京太に絵草紙を作らせた奴を探り当てる。まずはそれだな。となれば、似面絵《にづらえ》が要る。主水、急ぎ紙と筆を頼む」

惣介は、まだ絵草紙を矯《た》めつ眇《すが》めつしている主水を、炉端から追い立てた。

主水が座敷に置いた硯箱《すずりばこ》を取りに立つ間も、隼人は京太を問い詰めていた。相当、腹を立てている。

隼人は京太を（もちろん以知代も）案じ、助けたい一心で躍起《やっき》になっていたのだ。ところが当の京太が、肝心要《かなめ》のことを打ち明けず、発覚《ばれ》るまで隠していた。怒るのも当然だ。

「いいか。よっく思い起こせ。その侍は幕臣のようだったか、それともどこかの藩士か、あるいは浪人者か。訛《なまり》はあったか。やせていたか、太っていたか、色白か色黒か」

「き、着流しでしたけれど、ご浪人ではありません。月代《さかやき》をきちんと剃《そ》って、良い着物をお召しでしたから。けど細かいことは……も、もう三月《みつき》も前の話でございますから、手前も憶《おぼ》えがおぼろで――」

「無理にでも、憶えを呼び戻せ。何なら逆さ吊りにしてやろうか。頭に血が集まれば、忘れたことも憶えてなかったことも、ひょっこり口から流れ出すやもしれん」

「殺生な」

京太は半泣きだった。頰の削《そ》げた男前が、険《けわ》しい目つきで責め立てるのだから、横で見ている惣介でさえ怖い。京太が気の毒になった。かばう義理はないが。

惣介には隼人ほどの危機感はなかった。

京太の調べに当たった南町奉行、筒井紀伊守は話のわかる相手だ。英明で知られた名奉行でもある。それなりの申し開きが出来れば、むやみに罰したりはするまい。むしろ気になるのは、的が隼人にしろ片桐の家にしろ京太にしろ、誰が策謀を仕掛けてきたか、である。敵をきちんと突きとめねば、先々、枕を高くして眠れない。

相手は、江戸城中あるいは藩邸に保管されている切支丹に関する文書《もんじょ》に、堂々とであれこっそりとであれ、目を通すことが出来る者。または、江戸参府の阿蘭陀人から内密にその手の話を聞き込んだ者。

（主水から切支丹の話を引きだした者がいるやもしれん）

さっきの反応からして、あり得ないと思えたが、確かめておかねばなるまい。念のためだ。

「……お国訛もなかったし、どこかの藩の江戸詰《えどづめ》の御家中じゃぁないかと。石高の高いお旗本の御家臣かもしれませんけど」

京太はまだおたおたしている。江戸に二十年近くも過ごして、旗本の陪臣《ばいしん》と江戸詰藩士の区別もつかんのか、と歯痒《はがゆ》くなる。

「若い者か、俺と同じくらいの年の頃か、もっと上か」

「若くはなかったです。ご老人でもなかった。片桐様みたいな美丈夫じゃございません。顔が大きくて顎《あご》の四角い——」

「よし、その顔を描け」

頃合良く、主水が墨をすり終えて、筆を差し出す。京太はすっかり悄気《しょげ》きって、うつむけた首を左右に振っていたが、それでも筆を握って紙に向かった。

「戯作は腕に覚えがありますけど、絵はどうも」

往生際悪くもじょもじょ言っているのをほったらかして竈に目をやると、ふみと視線がぶつかった。

「旦那《だんな》、ちょっとよろしゅうござんすか」

騒ぎが一段落するのを待っていたようだ。

台所に下りると、〈ちーずくろす〉に包まれた浅鉢が湯の中でごとごと音を立て、結び目から湯気が上がっている。見世先で饅頭《まんじゅう》の蒸し上がりを待っているときみたいな、わくわくする気持を呼び覚ます湯気だ。

振り向くと、主水が淋《さび》しそうな顔でこちらを見ていた。切支丹のゴタゴタのせいではない。記憶の中の〈ぷでぃんぐ〉とは異なるものが出来上がりつつある。そのせいだ。茹《ゆ》でたてのうどんに似た、身のうちがほっと安らぐ匂いが漂っている。が、母親の作ってくれたものとはどこか違うのだろう。

「〈わいと・そーす〉ですけど――」

台に置いた鍋《なべ》を見やりながら、ふみが困ったように首を傾げた。

「主水さんの言ったとおり、温めた菜種油に何度もふるった麦の粉をふた摑《つか》み入れてゆっくり炒《いた》めたあと、鶏の茹で汁を三合（約半リットル）混ぜながら煮詰めたんですけどね」

鍋の中では麦の粉と菜種油と茹で汁がトロンと馴染《なじ》んでいた。粉っぽさも固まりもない。

「このあとまた火にかけて、お湯呑《ゆの》み半分くらいの牛の乳をちょっとずつ入れながら、とろとろになるまでかき混ぜて、塩で味をつけるってぇ話なんですけど。そんなんで美味《おい》しいタレができるんでしょか」

値の張る牛の乳を使うのだ。ふみが用心深くなるのも無理はない。

「俺にもわからんのだ。主水の顔つきを見ると、何か違うらしい。とはいうても、作り方のせいではない。足りない材料がある。この国では簡単には手に入らん加薬《かやく》だろうと思う。どうであれ、ふみさんのせいじゃないさ。ここまでよう仕上げてくれた」

「そうでしょうかねぇ」

心細げな声を残して、ふみが鍋を竈へ持っていったそのとき、離れの戸が開いた。

「もんさん。ちっと早く来すぎたかい。屋敷にいても落ち着かなくってさ」

聞き覚えのある太い声が響いて、着流しの景保が入ってきた。眉《まゆ》との間が開いた人好きのする奥二重の目を細くして、平たい顎をさらに平たくして笑っている。

「おや、美味《うま》そうな匂いがしている。鮎川殿お手製の軍鶏《しゃも》入りうどんですかな」

丸っきり違っている。が、似たような匂いがしているのだから仕方がない。愛想良く迎え入れて、ふと気づいた。この書物奉行とその家臣も、切支丹絵草紙を企《たくら》んだと疑える者たちだ。

（四）

ふみが気を利かせて、京太を自分の住む古いほうの離れへ連れて出た。惣介と隼人もあとにつづこうとしたが、景保に「一緒に知恵を貸してくれねぇかい」と引き止められた。

断る理由が見つからないから仕方がない——とは表向き。景保も絵草紙の謀《はかりごと》につながっている見込みがあるからには、残って話が聞けるのはこれ幸いである。

隼人は景保に上座を譲り渡して、向かい側に威儀を正し、惣介は景保に茶を淹《い》れたあと、竈の側に戻ってふみの〈わいと・そーす〉作りを引き継いだ。牛の乳を少し注いでは固まりが出来ないように混ぜる。なめらかで見栄えは良いが、立ちのぼる香りにコクがない。ふみが案じていたとおり、上出来とはいかないようだ。

「他でもねぇ。この文月《しちがつ》に俺が出した建白書なんだが――」

惣介が鍋をのぞいて渋い顔をしている間に、景保は炉端に胡坐をかくひまももどかしげに、用件を切り出していた。去年の皐月《ごがつ》に出会って以来だが、飾り気のない態度は変わっていない。ただ、江戸の町人から習ったみたいなせっかちは、度が増したようだ。

惣介とふみをこき使ってどうにか形にした〈ぷでぃんぐ〉は、まだ湯の中だ。主水は竈に半分気をとられた様子ながら、景保の隣に端座した。

「建白と申しますと、異国船取りさばきの儀でございますか」

景保が相手だと、主水のしゃべり方もぐっとかしこまる。

「それだ。どうも幕府のお偉方は気にいらねぇらしい。で今日は、もんさんが俺の考えをどう思うか教えてもらいに来た。忌憚《きたん》のないところを聞かせてくれ」

つづいて景保は、隼人と惣介を代わる代わる見やった。

「お二方も承知だと思うが、ちょいと前からこの国の周りの海は、どこもかしこも異国船が数珠《じゅず》つなぎだ。そいつらがあちこちの浜に漕《こ》ぎ寄せちゃあ、好き勝手をする。中には悪さをする不届き者もいる」

『どこもかしこも数珠つなぎ』は大げさな気がする。が、外《と》つ国の船が諸藩の沿岸にちょいちょい姿を見せているのは本当だ。

文化年間に幕府を悩ませた露西亜《ろしあ》の船は文政《ぶんせい》に入ってから鳴りをひそめているが、入れ替わるように英吉利船がこの国の岸辺にやって来るようになった。

文政元年（一八一八）と文政五年（一八二二）に浦賀《うらが》沖に現れた英吉利船は、浦賀警護に当たっていた藩が自前の小船でこれを取り囲み（垣船と言う）追い払った。今年皐月には常陸国大津浜《ひたちのくにおおつ》に英吉利人十二人が勝手に上陸したが、代官がこれを捕らえ、外つ国の者がこの国に入ることは禁じられていると言い聞かせて海へ戻した。

だが、葉月《はちがつ》には、薩摩で上陸した英吉利人が牛を強奪し、民に発砲して怪我を負わせる事態になった。

「浦賀では会津《あいづ》藩、川越《かわごえ》藩、小田原《おだわら》藩が上手《うま》く追い返した。島津《しまづ》の藩士は、英吉利の無頼の輩《やから》に立ち向かって一人を射殺し、他も蹴《け》散らかした。諸藩も幕府が出した触れに基づいて、精一杯やってはいるのだ」

景保の言う触れとは、文化三年（一八〇六）に発布された露西亜船取扱令のことである。無法に入港しようとする異国船は打ち払う。主水の乗っていた商船のように、難破してたどり着いた場合は、必要な手当を与えて帰らせる。だいたい、そのような決まりだ。

「だがなあ。幕府の指図を仰いで、それから支度を調えていちゃあ、いざというときに間に合わねぇ。かと言って、勝手に戦《いくさ》を始められたら、それも困る。睦月《いちがつ》の水《み》戸《と》藩がいい例さ」

主水は今年の睦月末、しばらく景保の住まう天文屋敷に戻っていた。水戸藩で起きた英吉利船とのごたごたを片づけるためと聞いていたが、戦になりかけたとは知らなかった。

「加えて、諸藩の懐が苦しい中、異国船が姿を見せる都度都度《つどつど》、兵を繰り出し、番所の蔵に仕舞ってある大筒《おおづつ》を引き出し、小船を集めしていたんでは、手間も掛《かかり》も馬鹿にならねぇ。賦役《ふえき》に駆り出される百姓、漁民も大いに迷惑する。この気の毒をどうにかするためにも、英吉利船を目当てとした新しい触れが要るだろう。そういう次第で出した建白だ」

景保はここまで一人でしゃべりとおして、がぶりと冷めた茶を飲んだ。

さしあたり、景保が切支丹絵草紙の企みに関係していると疑う理由は、この男が持つ知識のみだ。

（いっそのこと、すべて打ち明けて知恵を借りるのが上策やもしれん。建白の話が一段落したなら〈ぷでぃんぐ〉を馳走《ちそう》して、その合間に……）

惣介が腹のうちで思案する隙《ひま》に、景保はまた話し出した。

「俺の建白では、欧羅巴の国々が用いている方法を推した」

「領海内に入った異国船に対しては、空砲を撃って警告する、という決めですな」

主水がどこやら上の空で応対した。顔色がさえない。景保の考えが気に入らないのか、〈ぷでぃんぐ〉の出来を気にしているのか、判別はつかないが。

「それだ。寄港しやすく狙いをつけられそうな場所に台場を設けて、大筒を常備する。そうしておいて、藩や代官所だけに留《とど》まらず、町名主や庄屋《しょうや》にも合薬《ごうやく》を配っておく。侍でも百姓でも漁師でも町人でも、入港しようとする異国船を見つけた者は、空砲をぶっ放して追い払う」

景保はニヤリと笑って、得意気に一同をながめた。

「どうだい。これなら大騒ぎせずに済むし、入費《いりか》は少ない。戦になる心配もない。無論、難破船ならば、これまでどおり救済する」

「欧羅巴の決まりに従っているのですから、相手にも通じる。良いご思案だと思いますが」

股《もも》に手を置いてじっと耳を傾けていた隼人が、かしこまった口調で話に入った。

「だろう。ところが、初めにも言ったように、どうも俺の建白は評判が悪い」

ちらりと目をやると、主水は炉の火を睨《にら》んでいる。待っていても一向にしゃべり出す気配がない。景保が気にしている風ではあるし、居心地が悪くなって、惣介は間を渡した。

「他の方々も建白書を出されておられるのですか」

「無論さ。林大学頭《はやしだいがくのかみ》（述斎《じゅうさい》）様、勘定奉行の遠山《とおやま》左衛門尉《さえもんのじょう》（景晋《かげみち》）様。目付の大草殿――で、しばらく前から評定が始まって、遠山様と勘定吟味役の館野《たちの》様、大目付、石谷《いしがや》様、それに目付の羽太《はぶと》殿が考えを訊《き》かれている。俺のような禄《ろく》の低い者の言うことは、なかなかお取り上げ戴《いただ》けない。それはわかっちゃいるが……」

「百姓、町人に合薬を持たせるのはまずい。お偉方はそのようなお考えでしょうか」

惣介が訊いて、隼人もうなずいた。引っかかるとしたら、そのあたりだろうと思えた。空砲でも合薬は合薬。大乱の謀にでも利用されたら大事だ。

「いや、そこじゃない。空砲では生ぬるいというのだ。実弾でなければと。遠山様などは、相手は海賊ゆえ、乗り組んでいる者はすべて捕らえ、船に備えた道具武具はすべて壊し、船の長《おさ》は死罪。それ以外の者どもは、長崎へ引き連れていって故国へ送り返せ、と主張しておられる」

「それはまた……」

背筋が寒くなった。そんな喧嘩《けんか》を売るような真似をして英吉利と戦になったら、天下泰平の大義に背く。英吉利人である主水の立場はどうなる。何より、勝てる戦なのか――。とは思えども、こちらは一介の御家人、勘定奉行の発案に迂闊《うかつ》なことは言えない。たとえ耳のない場所であっても。

「俺も遠山様のお考えをそっくりそのままに触れが出たなら、まずいことになる気がしているのさ」

景保は御家人と異国人を相手にしていることを、気にする風もなかった。

「町奉行の筒井様が沖に現れる異国の船は商船だろうと言うておられるゆえ、評定で遠山様よりは穏やかな思案を出して下さるやもしれん。今日このあと、改めてお伺いを立てに行く腹積りでいるんだが」

思わぬところで、京太の面倒に結びつく名前が出た。やはり絵草紙のことは景保に一切合切預けてしまうのが吉だ。南町奉行の筒井に上手く取りなしてもらえば、京太も安穏。隼人と片桐の家の名も保たれる。

「筒井様をお訪ねになるなら、是非お願いしたき儀が――」

惣介の言いかけたのをさえぎって、主水がようやく口を開いた。

「それがしも、空砲は生ぬるいと存じます」

思いもかけぬ返事である。当然、空砲に賛同するものと思っていたから、惣介はぎょっとして景保を見た。万が一、気を悪くしているようなら、師匠として主水をかばってやらねばならない。景保も虚を衝《つ》かれたようで、忙《せわ》しく瞬《またた》きを繰り返していたが、じきに興味を引かれた風に目を光らせて真っ直ぐに主水を見据えた。

「それじゃあ、もんさんも遠山様と同様、実弾を撃たねばいかん、と思うのかい」

「それに台場の大筒は、手練《てだれ》の者に扱わせねばなりません」

「面白い。もんさんがそうやって断じるなんざ、滅多にないことだ。そう考えるわけを聞かせてくれ」

しょっちゅう断じられて手を焼いている師匠としては、景保の主水評には賛成しかねた。が、主水がどうしてそう考えたのかは、ぜひ知りたい。何しろ、戦となれば、問答無用で引っ張り出される身の上だ。腕に覚えもないのに。腕にしっかり覚えがある隼人さえ、絵草紙のことは脇に置いた顔で、主水をじっと見ている。

「空砲では侮《あなど》られるからです。英吉利に侮られた国の末路は、高橋様も片桐様も師匠様もよくご存じでしょう」

「……侮られたら、清国の二の舞になる。そういうことかい」

景保は額に手をやって、ぎゅっと唇を結んだ。

「はい。清は、故国の者が銭儲《ぜにもう》けのために持ち込んだ阿片《あへん》で、ずいぶん荒《すさ》んでおります。それを故国では気にも掛けておりません。故国だけでなく欧羅巴の国々はどこも——阿蘭陀さえも、肌の色が濃い人々を見下しているからです。故《ゆえ》なく蔑《さげす》んで、好きなように利用してかまわないと考えているのです。それがしもこの国に来るまでは、来てからもしばらくは、同じでございました。まことに面目ない」

主水は耳まで朱に染めて、赤鬼のような顔になった。よほど言いづらかったはずだ。どうやらそれで、腹をくるために、炉端をにらんでいたらしい。

「わからんな。見下している相手から大筒の弾を喰《く》らったら、英吉利は腹を立てるだろう。戦を仕掛けてくるやもしれんぞ」

主水の赤面には気づかぬふりで——武士の情けだ——惣介はありのまま、思ったままを訊《たず》ねた。

「ですから、腕の良い撃ち手が要るのです。弾は撃つ、ただし船には決して当ててはなりません。脅すだけです。戦の口実を与えないために」

「なるほど」

隼人が膝《ひざ》を打った。

「峰打ちならば、仇持《かたきも》ちにならずに済むということだな」

「そうです」

景保が感じ入ったように深くうなずいた。だが、主水は陰を帯びた顔つきのまま、小さなため息をもらした。

「残念ながら、我が故国を統《す》べている者たちも、他の欧羅巴の国々も、露西亜も亜《あ》米《め》利《り》加《か》も、戦を悪いことだとは考えておりません。勝てるならば良い戦。儲かるなら良い戦。悪いのは負け戦、それから損をするだけの戦」

景保の頬骨の張った顔が白くなった。

「ちょっと待ってくれよ、もんさん。そいつぁつまり、いずれ異国と戦になるのは避けられねぇってことかい。よしてくれ。戦なんざぁつまらねぇ。浮き世には他にいくらも面白いことがあるってぇのに。第一、今のこの国の力で、英吉利と戦をしたら負けるだろう」

「間違いなく負けます。船の力、武具の力、戦の仕方、すべてにおいて、この国は英吉利にも露西亜にも亜米利加にも劣っておりますから。ですが、戦が避けられないとは、それがしは思いません」

主水がようやく白い歯を見せた。

「武士も町人も、日々の暮しを心地好《よ》くするために、知恵を出し合い工夫をしている。美味《おい》しいものを食べ、大人も子どもも楽しく遊び、よく笑い、声を出して泣く。呑気《のんき》で笑みに満ちた国ですからね。二百年の時をかけて出来上がった、他のどこにもない場所でございますからね」

夢見るように言い切って、主水は嬉《うれ》しげにつけ加えた。

「それがしがそうであったように、英吉利人も欧羅巴の者たちも、亜米利加人も、知ればきっとこの国を好きになります。このように愛らしい国を壊したいとは、誰も思わぬはず」

驚いた。そうして、よくわからない。

主水はこの国のげんなりするような様々を知らない。しげしげと観察する機会がなかったのだから仕方がない。

それにしたって『愛らしい』とは。どうとればよいのか。まして『他のどこにもない場所』とは——本当だろうか。

四十になるまで、この世のどこで見ても十五日は月が丸いもの、と決め込んで過ごしてきた。天下泰平の大義は、どこでも善《よ》きこととされているはず、そう信じて暮らしてきた。

（どちらも誤りだったのか……）

鍋《なべ》の中で〈ぷでぃんぐ〉が長閑《のどか》にコトコト煮えている。

（料理の仕方さえ、バラバラなのだ）

大義やものの見方がまったく異なっていても不思議はない。

（隼人はどう感じているのだろう）

炉端に目をやると、隼人は口をへの字に結んで、一年半ほどで早、煤《すす》け始めた天井をにらんでいた。跡目《あとめ》としてはやや線の細い惣領《そうりょう》、仁のことを考えているのかもしれない。負けの決まった戦に我が子を差し出したい親がどこにいよう。まして隼人は、重い親馬鹿の病を患っている。

小一郎、鈴菜、そして大鷹源吾——これからの世を生きていく若い者の顔が脳裏をよぎった。うそ寒さに、首をすくめ、両の腕《かいな》をぎゅっと握り締める。と、今度は、御小座敷に座った家斉《いえなり》の面影が、在り在りと目の前に浮かんだ。肩を落とし、寂しげに笑んでいる姿だった。異国がしつこく絡んできて、政の舵取《かじと》りはややこしくなる一方だ。

「ふうん。そいつぁ……」

声がして我に返ると、景保が思い悩む様子で、頬に手を当てていた。

「高橋様、そう案ずることもございませんよ。幸い、海がこの国の大きな砦《とりで》となっております。相手国の求めてくるところをのらりくらりと躱《かわ》し、その間にこの国の良さをしっかり知らしめる。さすれば、おのずと天下泰平の大義は守られましょう」

主水の声音ばかりが明るい。

「本当にそう思うかい」

「まず間違いはございません」

「そうやって言い切ってもらうと心強い。欧羅巴についちゃ、俺も多少調べ学びしてきたつもりだったが、まだまだ浅いようだ。なるほど。のらりくらり、とねえ」

景保はおのれに言い聞かせるようにうなずいて、帰り支度を始めた。

主水は英吉利の将軍でも帝《みかど》でもないのだから、言っていることがすべてそのとおりになるとは限らない。書物奉行ともあろう者が、あっさり納得してしまって大丈夫なのか。

暗く騒ぐ胸をなだめるように、食欲を呼び覚ます香がふわりと鼻に届いた。

(いかん。肝心要《かんじんかなめ》のことを忘れておった)

遠い明日のことはさておき、今日の苦心の〈ぷでぃんぐ〉をまだ膳《ぜん》に載せていない。

「高橋様。主水が故国の料理を馳走したいと申しまして、昨日から丹精しております。そろそろ出来上がると存じますので、どうぞひと箸《はし》なりとも――」

「おお。この良い匂いは、俺のために支度してくれたもんだったのかい。そいつぁ是非、ご相伴《しょうばん》にあずからねぇと」

せっかく景保がまた腰を落ち着けたのに、主水は断固として首を横に振った。

「お召し上がりいただこうと考えて用意はしましたが、此度《こたび》の料理はしくじりました。お出ししてもお口汚しになるばかり。次の折にしたいと存じます」

「こいつぁ、ひとかどの料理人の口上だな。お師匠様に恵まれて、だいぶ腕を上げたと見た。よかったなあ、もんさん。鮎川殿には、それがしからも礼を申し上げる」

景保が丁寧に頭を下げた。主水の腕の実際を知っている身としては、挨拶《あいさつ》に窮する。主水が真面目くさった顔で言祝《ことほ》ぎを受けているのも困る。

と、景保が囲炉裏の側に落ちていた紙を拾い上げて、頓狂《とんきょう》な声を上げた。

「おや、こいつぁ、筒井様のとこの……」

はばかられることを思いついたのか、景保は中途で言い止めた。

手にしているのは、景保が来る前に京太が文句たらたらで描いていた、切支丹絵草紙を頼んできた侍の似面絵である。知っている者が見てすぐ誰とわかるように描けているなら、京太は戯作者より絵師に向いているんじゃなかろうか。

「これを描いたのは誰だい」

渡りに大船だ。惣介と隼人は、京太と絵草紙の話を縷々《るる》と語った。

景保は、絵の顔をながめ、絵草紙を左見右見《とみこうみ》していたが、話を聞き終える頃には、満面に笑みを浮かべていた。

「幕閣の中には、いっそ長崎以外にあとふたつ、みっつ港を異国船に開くか、阿蘭陀以外の国にも長崎への寄港を許したらどうだ、という考えの者もある。それも一案だと思わぬでもないが、引っかかるのは切支丹のことだ」

何の話か、と惣介と隼人が戸惑う間にも、景保は、禁令前の切支丹や伴天連が、神社、仏閣を壊してまわったこと、島原《しまばら》の乱では戦費が四十万両かかったこと、などなど、切支丹の厄介さを幾つか上げた。

つまり、異国人が出島《でじま》以外の場所を勝手に歩き回ることになれば、また切支丹の布教活動が活発になり、面倒な話になる。それは困るというわけだ。

「筒井様もそこをずいぶん案じておられて——」

何を思いついたのか。そこでいきなり黙り込んで、景保はすっくと立ち上がった。

「いや、今朝は耳寄りな話が聞けて、訪ねてきた甲斐《かい》があった。鮎川殿も片桐殿も、ぜひまた天文屋敷《てんもんやしき》に顔を出してくだされ。もんさん、近いうちにまた。次は一献傾けよう。おぬしの料理も楽しみにしておる」

早口に暇《いとま》の挨拶をすると、戸口へ向かう。手に絵草紙と似面絵を持ったままだ。

「出た足で筒井様に会いに行く。この絵草紙のことは俺に任せてくれ。京太とやらにも片桐殿にも、決して悪いようにはしない。絵草紙はすべて市中から引き上げることになるだろうが、明後日の呼び出しは取り消しになる」

こちらが返事をする前に、景保は振り返って完爾《かんじ》として笑い、それから離れの戸をピシャリと閉めた。

（五）

景保はつむじ風のごとく去った。残されたのは、男三人と〈ぷでぃんぐ〉である。

主水は台所に下りてくると、土間に両膝《りょうひざ》をつき、額を湿った土に押しつけた。

「お師匠様。まことに面目次第も――」

「ないのはわかっている。俺が知りたいのは、高橋様に〈ぷでぃんぐ〉を味見していただかなかったわけだ。料理の腕が大いに上がったかのように、体裁を取り繕うためか。それとも、不出来なものを食わされては、高橋様が気の毒だと思うたか」

見栄を張りたいこともある。主水も人の子だ。

不味《まず》いものを出したくなかったのだとしたら、それは早合点だった。〈わいと・そーす〉を諦《あきら》めて、酢醤油《すじようゆ》で食すか、胡麻油《ごまあぶら》をつけて清の饅頭《まんとう》風にするか。どちらもけっこう美味《うま》いはずで、景保も喜んだろう。が、そんな手当を思いつけるほど、主水は料理に長《た》けてはいない。

どうであれ、叱るつもりはなかった。

「いいえ。それがし、材料に〈ばた〉が欠かせぬことを失念しておりました。〈ばた〉なしでは〈ぷでぃんぐ〉は、香りの乏しい間の抜けた味になります。高橋様が召し上がって、我が母の手料理をつまらぬものだとお感じになるのが、どうにも辛《つろ》うございました。それで……」

意想外の答えが戻って来た。母親の面目を守りたかったのだと知れば、叱るどころか、返す言葉がない。故国を遠く離れて過ごす主水の寂しさが、胸に迫った。炉端で隼人がこくりと喉《のど》を鳴らした。

母御は息災か――そう訊《たず》ねかけて、惣介は唇を結び直した。親が存命なら、主水はこの国に留《とど》まる道を選ばなかっただろう。

「なら、この次は〈ばた〉を忘れずに使って、主水の母御の味を高橋様に知っていただこうなあ」

どうすれば〈ばた〉が手に入るのかわからないが、まあそのときはそのときだ。

「せっかくの品だ。俺も食べてみたい」

日頃、食うことにてんで興味のない隼人が、大きな声を出した。

鍋《なべ》から上げたほかほか湯気の立つ〈ぷでぃんぐ〉は、〈ちーず・くろす〉のままそれぞれ皿に載せ、ひとつはふみのところへ持っていった。小鉢に入れた〈わいと・そーす〉を添えて。

逆さ吊りだ、火炙《ひあぶ》りだ、と隼人に脅されて、京太はさぞかしおびえているに違いない。そう考えたから、早く安心させてやろうと、真っ先に運んでいったのだ。

が、京太は古いほうの離れで、ふみを行司《ぎょうじ》に伝吉と座り相撲に興じていた。

畳一畳を土俵とする座り相撲は、膝《ひざ》と尻を畳から放さない、足を使わない、顔を叩《たた》かない、の決めがあって、仕切ったあとの出足がものを言う。より早く相手の懐にもぐりこんで帯をつかんだほうが有利だから、手加減なしで大人と子どもが遊んでも、大人が勝つとは限らない。

今しも京太がころんと横に転がされて、伝吉は大喜び。ふみと京太も腹を抱えて笑っている。『大人も子どもも楽しく遊び、よく笑い、声を出して泣く。呑気《のんき》で笑みに満ちた国ですからね』そう愛《いと》おしむように話す主水の顔が思い出された。

「京太。絵草紙の一件だが、無事に片がつきそうだ。安堵《あんど》いたせ」

ふみに皿を手渡すついでに、良い知らせをもたらしてやったが、京太は大してありがたそうな顔もしなかった。

「そいつぁ、助かりました。手前のような才のある戯作者が、し炙りになっては、世間のためにも、もったいのうございますからねぇ」

どこまで本気なのか、へらへら笑っている。座り相撲ではしゃいでいるうちに、隼人に叱られて半べそになったことはすっかり忘れたらしい。

江戸の町人が忘れっぽいのは確かだが、主水はこの男のようなのを指して『呑気』と言ったのではない気がする。そして、主水の真意がどこにあったにせよ、以知代が惣介とこの頓馬《とんま》を似ていると考えたのは、やはり大間違いのこんこんちきだ。

〈ぷでぃんぐ〉のふたつ目は母家で志織に見せた。

「お前様、この乳色のどろりとしたものが、タレでございますか」

女房殿は、疑う目つきでクンクン嗅《か》いで鼻に皺《しわ》を寄せた。

「食べても大事ないでしょうか。面妖《めんよう》な臭いが致しますが」

「主水の母御の得意料理だ。これからどのような時世《ときよ》が来るやもしれん。異国の食べ物にも慣れておいたほうがよかろう」

料理の腕では主水といい勝負の志織が、他人様《ひとさま》の拵《こしら》えたものに文句を垂れるのは身の程知らずというものだ――と思ったが、もちろん口には出さなかった。天下の泰平も大事だが、夫婦《めおと》の泰平も重要なのである。

主水の離れに戻ると、狭い台所と炉端に嗅ぎ慣れぬ匂いが漂っていた。

城中の「風呂《ふろ》」で焼き上げた「ぱん」は、狐色に焦げて香ばしさに甘みの混じった香りがして、見た目も美味そうであった。だが、〈ちーず・くろす〉を外した〈ぱい〉の固まりは、あれとはまるで違う。浅鉢の中ででれんと湿気《しけ》って、鉢の内にうずくまっている。食欲の失《う》せるような臭いはしないが、美味そうな見た目でもない。

主水は鉢ごと各々皿に置き、〈わいと・そーす〉をかけて膳《ぜん》に載せた。

「〈ばた〉はなしでも、微《かす》かながら故国の息吹《いぶき》が感じられます。客をもてなすときにも出す大ご馳走《ちそう》にございます。どうぞご賞味下さい」

懐かしくて嬉《うれ》しくて寂しい——そんな笑顔で、主水は箸《はし》を取った。

（せっかく主水が笑んでいるのだ。口に合わずとも嫌そうな顔はするまいぞ）

おのれでおのれに言い聞かせて、惣介も箸を伸ばした。先《ま》ずは〈わいと・そーす〉にまみれた〈ぱい〉を一口大に千切って口に運ぶ。

「ほぉ、これは。鶏《とり》の出汁《だし》がよう染みておる」

うっかり湯の中に落っことした饅頭《まんとう》の皮のごとく、〈ぱい〉はぺたぺたしている。が、そこに〈わいと・そーす〉が絡むと、独特のまろやかな舌触りが生まれる。口の中で乳の仄《ほの》かな甘みと鶏の出汁の香りと葱《ねぎ》の風味がひとつになって、不思議な味わいとなる。

あれほど苦心して拵えるほどのものか、と訊《き》かれたら、首を横に振るしかないが、決して不味くはない。美味いと言っても良いくらいだ。

「〈ばた〉が入っておりましたら、さらに風味が増したんでござんすけどねぇ」

主水が目を細めてニコニコした。

「いや〈ばた〉なしでも充分に味わい深い。高橋様も食べれば褒めて下さったと思うぞ」

師匠と弟子の心温まるひととき、である。

(指南役もまんざら捨てたものではない)

昨夜「ぱん」作りを途中で放り出したことも、ふみが主水に小言を浴びせるのを胸の空《す》く思いで聞いたことも、ひとまとめに棚に上げて、良い心持になる。

と、隼人が唐突にしゃべりだした。

「切支丹絵草紙とあの似面絵について、高橋様は詳しい事情を教えては下さらなかったが、いくつか示唆《しさ》はあった」

料理とはみじんも接点がない。「心温まるひととき」も丸っきりよそ事だ。

「隼人、おぬしも『食べてみたい』と言うたではないか。先ずは〈ぷでぃんぐ〉を味わえ。京太がお縄にならんのだから、絵草紙の話はあとでもよかろう」

「食いながらでも話は出来る」

言い立てたばかりか、隼人は、〈ぷでぃんぐ〉にかかった〈わいと・そーす〉を箸で削《そ》ぎ取り、〈ぱい〉を剥《は》いで大穴を空け、中に醬油《しょうゆ》を差した。濡《ぬ》れた〈ぱい〉に傍若無人な茶色のシミが広がる。鈍感な男は、湯気となって漏れ出す鶏と葱の食欲をそそる香りに気づいた素振りもない。

「おい、塩と胡椒《こしょう》で味がつけてあるのだ。そんなに醬油を注いだら、塩《しょ》っぱくて食えぬようになる」

見かねて文句をつけても、知らぬ顔で鶏と葱と茶色くなった〈ぱい〉を一緒に口に放り込んで、もぐもぐやっている。

「おぬしはまったく。料理を作る者の気持がまるでわからん朴念仁《ぼくねんじん》め。少しは作った相手に敬意を表して食うがいい」

「ゴチャゴチャうるさく言うな。これはこれで美味《うま》い。醬油と、鶏の味がついた〈ぱい〉はよう合う。高橋様の仰《おっ》しゃったとおり、主水はだいぶ料理の腕を上げた」

黙したままの主水が気になって横目を送ると、惣介と隼人がいることも忘れた様子で、ひと口ひと口、愛《いと》しげに〈ぷでぃんぐ〉を食べている。

(『他のどこにもない場所』――主水は今、そこにいるのやもしれん)

静かに物思いに耽《ふけ》らせてやるのが親切というものだ。惣介の気持が通じたかのように、主水が満足げな息を吐いた。隼人の食べ方などどうでも良くなった。

それにまあ、隼人の気持もわからぬでもない。

誰が何のために切支丹絵草紙を作り、なにゆえ片桐の家に出入りの京太が巻き込まれたのか。きちんと知っておきたいのは当然だ。以知代もそこを気に病んでいるのだろう。

仕方がない。食べながら無粋な話につき合ってやる。

「おぬしもそう思うておるのだろうが、絵草紙に筒井様が絡んでいることは、まず間違いあるまい。与力も立ち会わせず町奉行直々に京太を取り調べたのが、何よりの証《あかし》だ。当然、高橋様もそれに気づいた」

途端に、隼人が涙目になった。

「惣介。俺が悪かった。すまんが白湯をくれ」

話に乗ってもらえた嬉しさのあまり――では、無論ない。かけ過ぎた醬油が喉《のど》に来たのだ。たわけの極みである。

「……げほっ、げほっ。そ、そうだとしても」

隼人は、湯呑《ゆの》みになみなみと酌んだ白湯を飲み干し、何でもなかったふりでしゃべりつづけようとして、みっともなくしくじった。

「……筒井紀伊守様ともあろうお方が、ごほっ、町人を巻き込んで小細工を弄《ろう》するだろうか」

「筒井様が命じたのではなかろうよ。白湯をもう一杯飲むか」

人の親身な言葉を右手で払っておいて、隼人は早口になった。

「つまり、こうだな。筒井様の家臣が、切支丹が再び広がることを懸念する主君の御意《ぎょい》を忖度《そんたく》して、ご機嫌取りに動いた。切支丹の絵草紙があれば、筒井様の案じていることが杞憂《きゆう》ではないと証立てられる。評定でも、老中が目を見張るような所見が述べられる。そう考えたわけだ」

「ふむ。忠義だが、切支丹禁令の重さがわかっていなかった」

「筒井様は五年近く長崎奉行を務めておられたゆえ、切支丹のこともよくご存じだ。町奉行の家臣が町人をそそのかして切支丹の絵草紙を作り、江戸市中に出回らせたとなればただでは済まん、とすぐお気づきになったろう」

生き証人の京太を秘密裏に亡き者にしたければ、一昨日のうちに簡単にやれた。それができるほど、筒井は非情ではないのだ。

「で、高橋様は、あの絵草紙を形《かた》に、打払令を自分や主水の考えに近いものとするよう、筒井様に掛け合うつもりか。道理で意気揚々と引き上げていったはずだ……食えぬお人よ」

けなしておきながら、隼人は景保の算段が上手《うま》く行くよう願う風だった。惣介として思いは同じだ。戦なぞ願い下げである。

「ここまでの推量が正しいとして、わからんのは、何ゆえ我が家《いえ》に出入りの京太に絵草紙作りのお鉢が回ってきたか、だが――」

「俺はわかる気がするぞ。まあ、当て推量に過ぎんが」

面映《おもは》ゆい話だったが、それで隼人が、以知代が、心安らぐなら、口に出す甲斐《かい》はある。

「筒井様の家臣、某は、できることなら、俺の家に出入りの誰かをつかまえたかったのだろう、と思う。というのは――」

「ははあ、おぬしの手に絵草紙が渡れば、必ずや上様のところへ届く。そう踏んだのだな」

「おそらく。命《めい》もなしに俺が上様にご注進《ちゅうしん》に及ぶなぞあり得ぬが、そう勘違いしている者もまだおるからな。上様が気に掛けておられることを、町奉行がすでに取り調べていた、となれば覚えもめでたかろう、きっと我が殿のお役に立つ、と勇んだが、諏訪町《すわちょう》の台所組組屋敷には総門がある。侍でも見慣れぬ者が門の内で待ち伏せなどしていたら、必ずや、咎《とが》め立てられる」

引き比べて、隼人の屋敷がある伊賀町は、武家地と町人地が入り混じっている。組屋敷も総門もないから、毎日同じ場所に立っていても見咎められずに済む。

「それで、俺の屋敷か。俺が絵草紙を手に入れたら、きっとおぬしに見せると——その読みだけは当たっていたなぁ。やれやれ」

隼人がふうとため息をついた。

家臣某の思惑は、もうひとつ外れている。例の昆布くらべの一件以降、召し出しはすっかり途絶えているのだ。昆布について家斉の期待に添った答えを出さなかった。それで不興《ふきよう》をこうむったのかもしれない。

何にしても、忠義だが読みの浅い家臣も、それを抱えた筒井紀伊守も、絵草紙で世に出損ねた京太も、それぞれに御気の毒の人丸様だ。

渋る隼人を無理矢理に説き伏せて、送っていきがてら以知代の見舞いを済ませることにした。伊賀町までは結構な道のりだ。どうせ見舞いに行くなら連れがあったほうが良いに決まっている。

折に入れたふみの餡なし饅頭を隼人に持たせ、外堀に沿って歩く。瓦葺《かわらぶ》きの板塀の向こうに終わりがけの紅葉《もみじ》が色を競い、淡い陽の差す空き地で猫が日向《ひなた》ぼっこに勤《いそ》しんでいる。

「上に立つ者が戦を好めば、迷惑するのは民草だ。英吉利や欧羅巴の民百姓は災難だな」

いつになく、ゆるゆると歩を進めながら、隼人がぽつりと言った。

「案外、この国の民百姓も勝てる戦は好きやもしれんぞ。おのれの身に火の粉が降りかかってこなければ、火事を囃《はや》し立て見物に走る。あれと同じ心持で……」

隼人がひどく寂しそうな顔をしたから、つづきは言い止めた。誰も合戦を見たことがない今の世で、戦の酷《むご》さ、空しさを肌で知っているのは、隼人や大鷹のように剣で御奉公する者たちなのだ。臆測《おくそく》なぞ、言わでもの事だ。

邪魔くさい腹をゆらしながらわざわざ出かけていったというのに、伊賀町で待っていたのは、以知代の苦情だった。

「よくまあ、わたくしの前に顔をお出しになれたこと」

それがまず挨拶《あいさつ》代わり。以知代は床にシャッキリと背筋を伸ばして、惣介をにらみ据えた。確かに以前より瘦《や》せてはいたが、顔色はさほど悪くない。隼人のほうがよっぽどやつれている。

絵草紙の件が無事に片づきそうだと話しても、以知代の機嫌は直らなかった。

「やれ、忌々しい。京太の名を聞くのも体に障ります。わたくしが気の迷いで、鮎川様に似た町人に目を掛けたばかりに、危うく片桐の家名に泥を塗るところでございました。これだから鮎川様は油断がならぬのです。幼い頃から、わたくしに手数《てかず》ばかりかけて。おお、嫌だ。くわばらくわばら」

最後はとうとう雷扱いで、座敷を追い出される仕儀となった。

「だから来ぬほうが良い、と言うたのだ。おぬしも承知のとおり、ああいうお人だ。すまんな」

殊勝に詫《わ》びながら、どこやら面白がっている。隼人も隼人だ。

(『承知のとおり』であるはずの以知代の気持さえ、なかなか見通せん。外《と》つ国の者の考えとなれば、なおさらだ)

これから一人で帰る道々を思って、惣介は肩を落とした。腹がグゥと鳴いた。

(六)

霜月《じゅういちがつ》、十三日。

惣介は、早番の役目を終えてから日の暮れまで、何くれと用事を拵えて暇を潰《つぶ》した。で、暮れ六つ(午後五時過ぎ)が鳴るのを聞きながら、四谷御門を通って、贔屓にしている飯田町《いいだまち》の煮売酒屋《にうりざかや》へ向かった。

朝の御膳《ごぜん》を出し終えたあとこっそり御膳所を抜け出し、ものの良い本鮪《まぐろ》の切り身と葱《ねぎ》を仕入れておいてくれるよう、親爺《おやじ》に頼んでおいた。それを受け取りに出かけたのだ。

鮪も葱も寒い時季が旬だ。が、鮪のような下賤《げせん》な魚は、御膳所には入ってこない。葱も将軍の膳には用いない。ねぎまを作りたければ城外で調達するしかない。が、当番が終わる頃には、魚屋にもやっちゃ場にも大した食材は残っていない。ないない、だらけの不都合を、飯田町まで二往復する骨折りで片づけたわけだ。

ねぎまとはねぎまぐろの略。大きめのさいころに切った鮪と一寸（約三センチ）に刻んだ葱を、塩と醬油《しょうゆ》で味付けした出し汁でさっと煮た料理だ。鍋《なべ》というのか汁というのか、ごく簡単なひと品で、酒の肴《さかな》に良し、飯の菜にも良し。体が温まるので、冬の煮売酒屋では一等受けがいい。

真冬の町は暮れかかって、空には茜《あかね》のちぎれ雲が流れ、北風が砂埃《すなぼこり》を舞い上げて走りすぎる。それでも、懐手で首をすくめて入り口をくぐれば、縄暖簾《なわのれん》の内は暖かくにぎやかだった。

一日の仕事を終えた独り者たちが、土間に据えた長腰掛けに身を寄せ合って、煮やっこだのねぎまの鍋だのを突っつきながら、ちろりで酒を酌み交わし、飯を食っている。

惣介も、腰を下ろして、芋の煮っ転がしひと皿だけでも食べて帰りたかった。飴色《あめいろ》に煮えた芋を歯でもったりと砕けば、甘辛の汁が口いっぱいに広がる。芋と出汁《だし》の匂いが鼻へ抜ける。思い浮かべただけで、ふらふらと腰掛けに吸い寄せられそうになる。

だが、約束の刻限まで一刻を切っている。悠長に腹を満たしている隙《ひま》はない。ねぎまを家斉の待つ御小座敷に運んでいかねば。

ぎゅっと目をつぶって腹に力を込め、冷たい夕風の中へ飛び出す。煮転がしの匂いが、煮奴の匂いが、四谷御門をくぐるまでお供についてきた。

家斉の慣例破りのお召しを受けて、御小座敷にちょっとした料理を支度していくときは、できうる限り御膳所から上がる膳には載らないものを作るよう心がけている。贅沢《ぜいたく》にみえて実はずいぶん窮屈な将軍の日々に、わずかでも普段とは異なる彩《いろど》りを添えたい、そんな思いからだ。

とはいえ、お召しがかかるのはたいてい当日だから、御膳所にない食材を誂《あつら》える暇がないことのほうが多い。

今日はたまたま、早朝、出仕してすぐに、今宵《こよい》五つ（午後七時過ぎ）に、と知らせがあった。組頭の長尾清十郎はまだ御膳所に現れていなかったので、おむすび顔が苦虫を嚙《か》みつぶすのは見ずに済んだ。代わりに主命を運んできた小姓のふくれっ面を喰《く》らっただけだ。さらに、飯田町まで出かけて、鮪と葱を用意しておくことも出来た。

三月《みつき》ぶりのお召しである。

御勘気《ごかんき》が解けたということなのか、そもそも家斉は腹を立てていたのか、わからないことだらけだが、腕によりを掛けて、体の温《ぬく》もる品を整えて行く。その心組みだけは、はっきりあった。

御膳所に戻ると、遅番の半分ほどはすでに下城して、残った半分も御膳所の豪勢な「ごみ」で弁当を作るのに没頭していた。宿直《とのい》の番士に売って小遣い稼ぎにする弁当だ。

狙い目どおりである。「ごみ」を使い回した弁当販売は、大っぴらに認められていない内緒の内職だから、惣介が鮪や葱を持ち込んでも、誰も何も言わずにいてくれる。

胸算用と違っていたのは、長尾がまだ居残っていたことだった。が、組頭は何も言わなかった。言わなかっただけではない。思案する顔でしばらく惣介を見据えたあと、突如としてにっこりと微笑んだ。背筋をしゅるしゅると寒気が駆け上がる。

（また無茶なことを頼み込んでくるつもりか……）

以前、長尾に愛想良くされたときは、狸に化ける羽目になった。とにかくろくなことがない。どう返したものか固まって迷ううちに、長尾は姿を消していた。

惣介はふるふると身震いして唾《つば》を飲んだ。それから、長尾の笑みを頭から追い払うためにも、精魂を傾けて出汁を取り始めた。

「昆布のことは、ご苦労であった。そちの計らいにより、無辜《むこ》の者どもを死罪にせずに済んだ」

先《ま》ずは鍋でぐつぐつ湯気を立てているねぎまの膳を御前に置き、小鉢に少し取り分けて割胡椒《わりごしょう》を添え、引き下がってから昆布くらべの件を一心にお詫びして――と、組み立てていた心積もりは、御小座敷の下段に戻って平伏した直後、家斉のひと言であっさり崩れた。

「め、滅相もないことでございます。なんのお役にも立てず――」

「出羽《でわ》が、富山藩邸でたいそうな馳走をよばれたそうだ。これほど美味い鮪を食わせてもらったかどうかは、知らんがなぁ」

家斉が箸《はし》を使いながら、言葉をかぶせて寄越《よこ》した。昆布のことはもう言うな、との御心であろう。

出羽とは、老中水野《みずの》出羽守《でわのかみ》（忠成《ただあきら》）のこと。家斉に最も信を置かれる老中だ。証も何もないと表に出すのを諦《あきら》めた富山と薩摩の密約は、どのような経緯でか将軍、幕閣の知るところとなり、ひっそりと幕引きになったようだ。家斉の言葉が暗にそう伝えていた。

（これで大鷹と朝次《ともつぐ》が剣を交えることもなしになったか）

鈴菜の顔を思い浮かべ、そっと胸をなで下ろす。

「異国船の騒ぎで、建白だ評定だ裁定だとあわただしゅうてなぁ。加えて、和姫《かずひめ》の毛利《もうり》への輿入《こしい》れ、会津に嫁いだ元姫の三回忌の法要、溶姫《ようひめ》の縁談、松菊の婿入り先探し。と、子らのこともあれこれあって。久しく惣介の顔を見ることもかなわなんだ」

不興をこうむっていたのではなかったと知って休心し、おのれのことを脇に置いてみると、三月の間に、将軍はずいぶん憔悴《しょうすい》していた。それでも鉢の香りを楽しむ顔を作って、小首を傾げて見せてくれる。ありがたさに、目頭が熱くなった。

「鮪を最後に食したのは、さて、いつのことであったかな。やはり鮪には葱がよう合う。それにこの割胡椒がまた一興」

家斉は汁を啜《すす》って嬉《うれ》しげに笑った。

「こうして思いもかけぬひと品を味わうと、気持が和らぐ」

ここにもまた、『他のどこにもない場所』が現れ出《い》でているのかもしれない。そうであれば良い、と祈りたくなる。

「外《と》つ国の者にも、惣介の美味い料理を振る舞《も》うてやれば、穏やかな心持で掛合が進むやもしれん」

膳《ぜん》を下げ茶を淹《い》れたところで、家斉がふっと息を吐いた。

「欧羅巴の国々は、この国を〈じぱんぐ〉と呼ぶ。そうして自らがこの国を見つけ出したのゆえ、我がものとするのに躊躇《ちゅうちょ》は要らぬ、と言い放つ輩《やから》もおるらしい」

元から住んでいる者がいるのだ。『見つけ出した』は無理無体《むりむたい》だろう。それでは小一郎や又三郎が、火事の焼け跡の空き地を『見つけて、二人のものとした』と言うのと変わらん。童《わらべ》しいにもほどがある。

ねぎまでせっかく和らいだ気持が、また苦渋に閉ざされてしまう。何とかしてそれを防ごうと、惣介は主水が景保に聞かせた話の後ろ半分を語った。

『英吉利人も欧羅巴の者たちも、亜米利加人も、知ればきっとこの国を好きになり』『このように愛らしい国を壊したいとは、誰も思わぬはず』と話し『二百年の時をかけて出来上がった、他のどこにもない場所』と褒められたことを告げ、『相手国の求めてくるところをのらりくらりと躱《かわ》し、その間にこの国の良さをしっかり知らしめる』手があると、力説した。

しゃべり終えてから、僭越《せんえつ》な真似をしたことに気づいて、震え上がった。だが、家斉は叱らなかった。

「のらりくらり、のう」

と、二度繰り返して、柔らかくうなずいてくれた。

冷や汗を流しつつ御小座敷を出ようとしたところで、家斉が思わぬことを言いだした。

「惣介も娘を嫁がせるそうだな。肩の荷が下りるとはいえ、やはり淋《さび》しかろう」

そんなことまで気にかけてもらっているとは、考えたこともなかった。

「上様もお淋しゅうございましたか」

「ふむ。姫はまだ良いのだ。十幾つまで手元に置ける。若がな。三つ四つの可愛い盛りで婿入りさせねばならぬとなぁ。それでも無事に育てばよし。婿入りしてじきに身罷《みまか》ると、母親が身を揉《も》んで泣く。慰める立場となれば、余のほうは涙をこぼすわけにもゆかぬ」

敬之助君は二歳で尾張《おわり》家と養子縁組して三歳で身罷った。虎千代《とらちよ》君は四歳で紀伊《きい》家に婿入りして五歳で身罷った。さっき話に出た元姫は十四で嫁いで、その年の内に亡くなっている。

大奥で世を去る御子を送るのも、もちろん辛《つら》かろう。が、幼子が見知らぬ土地で逝ったと知るのは、腸《はらわた》の千切れる思いがするのではなかろうか。

「案ずることはない。良い相手だと聞いたぞ」

惣介が返事に悩んでいるのを察してか、家斉の声音は明るかった。

「和泉守《いずみのかみ》がたいそう可愛がっておった家臣だそうではないか」

「仲良う添い遂げてくれれば、と念じております」

御膳所に戻ると、汗で濡《ぬ》れた襦袢《じゅばん》が、冷たく背中に貼りついていた。くしゃみが二つ出て、それで気づいた。

(『和泉守がたいそう可愛がっておった家臣』と、上様は仰せになった)

なぜ『和泉守がたいそう可愛がっている家臣』ではなく……。

竈の火も消えて、あたりはしんしんと冷えている。胸走りに耐えかね、息が苦しくなる。ふらふらと外へ歩み出すと、南の空に寒月が白々と凍っていた。

第三話　鈴菜の嫁入り

（一）

師走《じゅうにがつ》初めの昼八つ過ぎ。

鮎川惣介《あゆかわそうすけ》は、早番の仕事を終えて御台所門《おだいどころもん》まで出た。門の外には先日来降りつづいた雪を左右に掻《か》き集めて汚れた小山が築かれ、見上げれば、薄灰色に黄色く縁取りのある雲が垂れ籠《こ》め、今にも雪が落ちてきそうな空模様である。

走れば、諏訪町《すわちょう》の組屋敷にたどり着くまで降られずに済みそうな気もする。ゆっくり歩いて帰るなら、蓑笠《みのかさ》を取りに戻ったほうがよさそうだ。

（さて……）

ぽっちゃりした腹と空とを交互に睨《にら》んで迷っていると、御台所組頭《おだいどころくみがしら》、長尾清十郎《ながおせいじゅうろう》の声が、御膳所《ごぜんしょ》から追ってきた。

「おい、鮎川。おぬし、遠慮はいらんのだぞ」

何も遠慮した憶《おぼ》えはなかった。

が、組頭も人の子。ひょんな弾みで発心《ほっしん》して、仏心が芽生えたのかもしれない。手下《てか》が雪に濡れるのを案じて蓑笠を届けてくれる——ほどの悟りは開けぬにしても、大盤振る舞いの「ごみ」が山分けになったのを持ってきてくれる、ぐらいのことはあり得る。

(鯛《たい》の切り身か、鴨肉《かもにく》か。蜜柑《みかん》も余りがあった気がする)

今日の御膳に載せた食材を思い浮かべつつ振り返ったが、小走りで近寄って来る長尾は手ぶらだった。仏に帰依したわけではなさそうだ。

「長いつき合いではないか。気遣いは無用。こちらも支度があることゆえ、早めに言うてもろうたほうが助かる」

いつもの苦虫おむすび顔が、今は満面の笑みに崩れ、折にぎゅうぎゅう詰め込まれてつぶれた握り飯みたいになっている。

(ひょっとして、鈴菜《すずな》の婚儀に、祝いの金子《きんす》を出してくれるおつもりか)

ちらりと嬉《うれ》しいことを当てにしかけた。

神無月《じゅうがつ》以来、鈴菜を大鷹源吾《おおたかげんご》に嫁がせるための入費《いりか》に、四苦八苦している。

もちろん神無月以前も、ふたりの仲が公になった去年の夏よりこちら、志織《しおり》とともに夫婦で奮闘してきた。

御家人同士の縁組みで嫁側が持たせる土産金は二十両が相場だ。まずはそれを工面するために、志織は内でも外でも倹約に倹約を重ね、台所人に支給される御役金の十両を手つかずで残した。惣介は宿直《とのい》の弁当作りにきちきちと加わった。

その成果が十一両三分二朱。惣介が床の間の壺《つぼ》にため込んでいたへそくり金《かね》を大方吐き出して三両一分。志織《しおり》の里がくれた祝儀が一分。〆《しめ》て、十五両と二朱（米価換算　一両＝約四万円）。

そこに家内に故障が起きたときに備えて蓄えてきた金のうちから十両を併せ、どうにか土産金の目処《めど》は立った。

が、きれいな着物の一枚や二枚は持たせてやりたいし、当座の暮しに使う銭も支度してやりたい。浜松の縁戚《えんせき》へ付け届ける品も要る。となれば、少なくともあと四、五両は用意したい。

まだ振る袖《そで》がすっからかんになったわけではない。だが、ある袖を振りきってしまっては、正月も迎えられない。小一郎《こいちろう》が嫁をもらうときの蓄えもなくなる。鈴菜が嫁に行ったあと、親子三人、粥《かゆ》を啜《すす》って暮らすようでは困る。

そんなこんなで、今日も、七つ過ぎに古道具屋が来る約束になっている。納戸と納屋に積んだ軸やら道具やらを、銭に替えようというやりくり算段だ。


組頭が助けてやろうと言うてくれるなら遠慮も何も、諸手《もろて》を挙げて――そこまで夢見心地で考えて、長尾がたいそうな締まり屋であるのを思い出した。我に返れば、長尾はまだしゃべりつづけている。

「それゆえな、日取りが決まったら、すぐに知らせてもらいたい。自慢するつもりはないが、高砂《たかさご》には、少々、覚えがあって――」

惣介の気分の上がったり下がったりにはてんで気づかぬまま、長尾は周囲をうかがってから声をひそめた。

「他言無用だがな、長年、師匠について稽古《けいこ》しておるのだ。その辺の付け焼き刃とはわけが違う」

つまり、鈴菜と大鷹の祝言の席で、稽古の成果を披露したい、と、そういう話だ。『遠慮はいらん』どころか、きっぱりとご遠慮申し上げたくなった。

大名家や旗本ならいざ知らず、同じ幕臣でも御家人の縁組みに欠かせないのは、一に届け出、二に土産金である。お披露目の宴《うたげ》はほんの添え物だから、催すのは懐に余裕がある家だけで、なしで済ませることも多い。

ましで、今回は嫁に出す側である。こちらの一存ではなにも決められない。

（そもそも、組頭のおさらいのために、娘を嫁にだすわけでなし）

げんなりしたが、相手は上司である。下手な断りを言って憎まれるのはまずい。

「祝宴を開くかどうかは、大鷹の家の言い分を訊《き》いてみませんと」

「そりゃまあ、気遣いが要るのはわかる。評判のおてんば娘をもろうてやろうという奇特な――」

胸のうちを開けっぴろげにしかけて、さすがに考え直したらしく、長尾は猫を撫《な》でる声音になった。

「い、いや、しかしだなぁ。手塩に掛けた娘をやろうというのだ。宴のひとつやふたつ開いてもろうてもバチは当たらんぞ。しかも婿は、いずれは浜松藩《はままつ》の江戸《えど》留守居役にもなろうかという、先行き頼もしい男ではないか。強気でいけ、強気で……まあ、高砂でも何でも謡《うたい》は任せておけ。それを言うておきたかっただけだ」

長尾は話しながらじりじりと後退し、くるりと背を向けるやいなや、来たときと同じように小走りで御膳所の中へ去った。

（自慢の喉《のど》を披露したいばかりではなかろう。組頭は大鷹と縁《えにし》をつないでおきたいのだ）

このところ組頭がやけに機嫌良く接してくれるのもそのためか、と思い当たる。

いじらしいような侘《わ》びしいような気分で、惣介は長尾の後ろ姿を見送った。

大鷹が先行き浜松藩の重鎮《じゅうちん》になる——見込み——だからではない。水野和泉《いずみ》守が老中になったときに、と望みを託しているのだ。そうなれば、和泉守の懐刀である大鷹も様々に口利きが出来るようになるはず。長尾自身というよりは、早晩、家督を継ぐ惣領《そうりょう》にとって、ここで人脈をつないでおいて損はない。そう皮算用をはじいているわけだ。その親心を誰が嗤《わら》えよう。

問題は、どうやらその思惑が外れそうなことだ。

果たして大鷹はまだ浜松藩士なのか。自ら致禄《ちろく》して浪人となったのか。あるいは、朝次《ともつぐ》を斬らなかったことで和泉守の逆鱗《げきりん》に触れ、暇《いとま》を出されたか。

惣介もまだ知らずにいる。

御小座敷で家斉《いえなり》の言葉を聞いて半月。大鷹と顔を合わせるたびに訊き糾《ただ》そうとしてはうまく切り出せないまま、ずるずると日が経ってしまった。鈴菜に糾せば済むことだが、答えを聞くのが怖い。鈴菜は、答える代わりにつけつけと理屈を見世開きするかもしれず、それはそれで御免こうむりたい。

実を言えばこのことは、志織にもまだ話していない。隼人《はやと》にさえ打ち明けてない。

(なにしろ、もう引取届《ひきとりとどけ》が済んでしもうたからなぁ)

突っ立ったまま思い巡らしていたら、足元から冷えがみしみしと這《は》い上がってきた。惣介は雪に降られるものと観念《かんねん》して、寒空の下へとぼとぼと歩き出した。うつむいて御細工方の詰所の脇を過ぎた頃には、大きな牡丹雪《ぼたんゆき》がひとひらふたひらと舞い降りてきて肩で溶けた。

(雪の代わりに銭が降ってくれたらよいのに)

他愛のないことが浮かんできて、自分で自分を嗤いたくなる。

土産金もさることながら、武家の縁組みで面倒なのは届け出である。ただ届ければ済むのではない。許しが要る。大名は無論のこと、旗本でも御家人でも同様だ。

この許しを得るのがなかなかにむずかしい。幾つも禁令があるからだ。

ひとつは、同役の者同士の縁組みが認められないこと。同役の家と家とがつながれば、その役目の内に格別な力を有する一派が出来上がる。結果、役目のあり方や人事がその一派の思うがままとなる。そんな事態を避けるための決めで、道理にかなっている。

もうひとつは、身分の上下に関わる制約である。御目見《おめみえ》以上と御目見以下との縁組み、幕臣と諸藩の家臣の縁組み、直参と百姓、町人との縁組み。これらはすべて禁じられている。で、本来なら、鈴菜と大鷹の婚儀は、この禁に引っかかる。

身分のわけへだてで世間の塩梅《あんばい》を整えているからには、あって然《しか》るべき決めだ。

ただし、逃げ道がある。なければ困る。

人の情は法度とは関わりなしに動く。夫婦《めおと》になりたい若い者の思いを、あれは駄目、これも駄目と厳しく禁じれば、心中だ、欠落《かけおち》だと騒ぎになる。未練があたら若い命を散らし、家を滅ぼし、親を嘆かせ、意に添わぬ縁組みが不和や離縁を生み——ろくなことはない。

武家同士の場合は、身分が揃う家へ養女、養子に出し、そこから縁組みの願出を出してもらう。養女、養子を引き受けてくれた家には恩と義理ができる。が、百姓・町人との場合よりは簡易である。

鈴菜と大鷹のことも、このやり方に従って霜月《じゆういちがつ》の初めに無事に許しを受け、引取届を出した。それでもう、縁組みはほぼ整ってしまっているのだ。あとは、ふたりが一緒に暮らし始めたときに、その旨を届け出れば仕舞いである。

許しの下りた霜月の中途までは、大鷹は間違いなく浜松藩士であった。たとえそのあとで和泉守から永《なが》の暇を申し渡されていても、すなわち大鷹が浪人となっていても、鈴菜はすでに大鷹の妻《さい》であり、鈴菜と大鷹が夫婦であることは変わらない。

どうであれ、なにか起きたなら話してくれればよいものを、と大鷹に対しても鈴菜に対しても腹が立つ。いつも歯切れの良い大鷹が、そして親に向かっては言いたいことを言いたいように言う鈴菜が、ともに口をつぐんでいるのだ。よほど打ち明けにくいことが出来《しゅったい》しているはず、と心配になる。

地面が濡《ぬ》れ始め、月代《さかやき》に落ちた雪が脳天にジンと凍み、足の運びがだんだんに鈍くなる。

(あれだけ利発で役に立つ男でも、新たに仕官の口を得るのは容易ではあるまい)

惣介は繰り返し考えたことを、詮《せん》なくまた思い返して嘆息をもらした。

「あれ、惣介はん。えらい大きなため息つかはって。娘を手放すちゅうのんは、そないにしんどいもんどすか」

どこから湧《わ》いて出たのか、桜井雪之丞《さくらいゆきのじょう》が行く手に立ちはだかっていた。

「しんどかろうが、めんどかろうが、余計なお世話だ。それより、おぬし、俺を待ち伏せしていたのか」

「待ち伏せて、えらい人聞きの悪い。お城を下がりかけたら、ぼったぼった重たぁい足音が聞こえましたよって、ああ、惣介はんやなぁと思て、冷たいのが降ってるのもかまわんと引き返して、こうして待っててあげましたのに」

「待ってくれと頼んだ覚えはないぞ」

「あれ、長いつき合いやおへんか。遠慮はいりまへん」

またただ。無論、遠慮した憶えなぞない。長尾といい、雪之丞といい、なにを食べたらこうも恩着せがましくなれるのか。

「鈴菜はんも大鷹はんも、えらい遠いとこへ行かはることになりましたよって、惣介はんも、さぞお淋《さび》しいですやろ。愚痴をこぼす相手がいりようやおへんか」

聞いている途中で、心の臓がでんぐり返った。

（『遠いとこ』とは……なんの話だ）

江戸詰の藩士が市中で妻をめとったときには、藩邸内に居を構えるか、ゆとりがあれば町屋を借りて暮らすか、どちらにせよ江戸で所帯を持つのが通例だ。

返事をするまでもなく、雪之丞は惣介の顔色を読んだ。

「おや、ご存じやなかったんどすか。おふたりは――」

「ええい、言うな、絶対に言うなよ。ひと言でも漏らしたら、生きている限り主水《もんど》の味噌汁《みそしる》を飲ませる」

「おっ師匠《しょ》はんにそこまで言われる弟子て、たいがいやわ。味気ない身の上どすなぁ、主水はんも」

「味気ないのは俺だ。まったく、どいつもこいつも、勝手なことばかり……帰る。古道具屋が来るのだ。おぬしの相手をしている閑《ひま》はない」

惣介は雪之丞の脇をすり抜けて、すたすたと歩き出した。もちろん、おのがつもりのすたすただ。雪之丞から見てどうかは知らない。とにかく、今日という今日は、大鷹と鈴菜の首根っこを引っつかんで、すべて白状させてやる。そう決めていた。

ところが、雪之丞が、あとからついてくる。

「わたしもお供いたしまひょ。どうせうちに帰っても、睦月《むつき》の手伝いが待ってるだけやし」

「睦月殿はなにか始めるのか」

「そうやおへん。京へ戻ることになりまして。荷造りに気ぜわしのうしてますのや。せかせかしてるせいで、てりふりはえらいし、やたら用は言いつかるし、傍におったらくなことあらしません」

「京へ……急な話だな。おぬしも一緒か」

「いえいえ。睦月だけどす。わたしはべったり江戸におります。惣介はん、ほっとおしやしたか」

「自惚《うぬぼ》れるな。おぬしがどこへ行こうが、知ったことか」

冷たく言い返したものの、惣介はおのれが胸をなで下ろしているのを感じていた。

(この先も雪之丞と料理談義ができる。それは喜ばしい。にしても……)

睦月が江戸を去る。鈴菜と大鷹も。

足元から鳥が立つように、皆が旅立ってゆく。襟元がぞうぞうと寒いのは、雪を舞い踊らせる風のせいばかりではなかった。

(二)

「遅いぞ。どこで道草を食っていた。もう引き上げようかと思っていたところだ」

人の顔を見た途端にそうやって怒ったのは、もちろん道具屋ではない。片桐《かたぎり》隼人である。

おのれは囲炉裏端に腰を落ち着けて手を炙《あぶ》っていたくせに、鼻を赤くして外から戻った惣介には、寒かったろうも、だいぶん降られたなあも、なし。薄情な奴だ。

こちらにも立てる腹くらいある。それなりの事情もある。なにか言い返してやろうと口を開きかけたが、いつものようにぽんぽんと言葉が出てこない。どうしたことかと首を傾げるうちに、目の前に文箱《ふばこ》ほどの大きさの折が出た。

「母がすっかり快《よ》うなったのでな。主水とおぬしに礼を言いに参じたのだ。大したものではないが、食うてくれ」

教えてもらわずとも、自慢の鼻が中身を教えてくれる。蕎麦饅頭《そばまんじゆう》と薯蕷饅頭《じようよ》がそれぞれ四こずつの詰め合わせだ。

「ははあ。包みからして、本町《ほんちよう》三丁目の《鳥飼和泉《とりかいいずみ》》どすな。あしこは、天明《てんめい》の頃にはたいそうな賑《にぎ》わいでしたけど、今はもうすっかり廃《すた》って、ちいさな見世になりましたなあ」

雪之丞が無駄な蘊蓄《うんちく》を並べるのを聞こえぬふりで、隼人が大きな声を出した。

「夕餉《ゆうげ》までのつなぎにひとつどうだ、俺が茶を淹《い》れてやろう、と言いたいところだが、古道具屋が来ている。どの品を手放してよいかわからんようで、志織殿が難儀しているぞ。先《ま》ずは納戸をのぞいてみるがいい」

なるほど。台所の隣にある納戸から、志織の、わたくしではとんと、だの、さあ、どうしたものでしょうねぇ、だの、猫っかぶりな声が聞こえる。

「ふむ。さっさと済ませてしまおう。どうせろくな物もないが、幾ばくかでも銭になれば儲《もう》けものだ」

まだ襟元の寒気が収まらぬので、どこやら上の空だった。だが、隼人の言うとおり、饅頭より道具屋が先、とは思っていた。せっかく素直に従ったのに、隼人が訝《いぶか》しむ顔になった。

「惣介、どうした。具合が悪いのか」

「藪《やぶ》から棒に、なんだ」

「普段のおぬしなら、道具屋を待たせてでも饅頭を食っていく。食い物を前に素通りとは、とても正気の沙汰《さた》とは思えん」

言われて初めて気づいた。

目の前に饅頭の折があるというのに、腹の虫が黙りこくっている。

早番を終えたあと、残り物を少しつまんで御膳所を出た。そのときは確かに小腹がへっていたのだ。古道具屋との約束があるから、組屋敷に帰るまで辛抱しよう、そう思ったのも憶えている。

ところが、今や胸のあたりまで何かがつっかえて、饅頭ひとつどころか半分も入る空きがない気がする。物心ついてこの方、こんな風になったのは麻疹《はしか》を患ったときだけだ。

心当たりはある。雪之丞だ。

帰る道々、雪之丞の声が、『遠いとこ』のひと言が、頭の中で渦巻き、胸をふさぎ、胃の腑《ふ》を重くしたのだ。が、鈴菜が江戸を離れる、たったそれしきのことでものが食えなくなったなぞ、情けなくて誰にも知られたくない。

言い訳をひねり出すのも億劫《おっくう》になって、

「むう」

と呻《うな》ったっきりで腰を上げた。と同時に、隼人と雪之丞が並んで立ち上がった。

広くもない炉端だ。六尺の男がふたり、ぬっと立った姿は、如何《いか》にも邪魔くさい。

「何のつもりだ。独活《うど》の大木の道行きか」

「いえ、お饅頭も喉《のど》を通らへんような惣介はんおひとりでは、なんやら心許《こころもと》な〜い気ぃがしまして」

「いらぬ世話だ。道具屋の相手くらいひとりでできる。おぬしらは勝手に茶でも淹れて、饅頭を食えばよかろう」

すると今度は、ふたりが意味ありげに顔を見合わせる。ぷいと背を向けて納戸に向かうと、結局ふたりともがあとをついてきた。まことに鬱陶《うっとう》しい。

さて、廊下と呼ぶのもおこがましい二間ほどの板張りを供連れで進んで行ってみると、開けっ放しの板戸の脇で、志織が眉根《まゆね》に皺《しわ》を寄せていた。

「これは、お帰りなさいまし、旦那《だんな》様。お許しを得て、ご挨拶《あいさつ》の前に中を見せていただいております」

志織がむずかしい顔をしているのとは裏腹に、道具屋は上機嫌で、床に額をこすりつけんばかりにして迎えてくれた。組屋敷に出入りの見世の番頭で、年の頃は四十半ば。小柄で長丸い顔の、総門の内でよく見かける男だった。

「約束の刻限より戻りが遅れた。許せよ」

「いえいえ、お役目が何より大事でござります。それにいたしましても、今もご新造様に申し上げておりましたが、たいそう良いものをお持ちで」

上機嫌な声からして、世辞ではなさそうだ。

（はて。良いものとは……）

上下にみっつ大穴が開いて、あちこち茶色のシミが浮き出た屏風《びょうぶ》や、鈴菜が縁側から蹴《け》り飛ばしてふたつに割った火鉢は、論外だろう。

（もしやして、この掛け軸か）

惣介は足元に広げられた品に目を落とした。先々代がどこぞでもらってきたもので、鶏が三羽、虫をついばんでいる様子を生きていると見紛《みまご》うばかりに描いてある。極彩色の色づけが煤《すす》ぼけた屋敷にも申し訳程度の床の間にも不似合いゆえ、一度も飾ったことはないが、名のある絵師の作であったのかもしれない。

（ここで下手に驚いた顔をしては、足元を見られる）

値打ちのあるものなら、それ相応の値で引き取らせたい。惣介は臍《へそ》に力を入れた。

「代々大事に守ってきた品だ。当方としても手放すのは断腸の思いだ。それでもまあ、納得のいく値を付けてもらえれば諦《あきら》めもつく」

「そうでございましょうとも。こちらは明《みん》代の端渓《たんけい》でございますからねぇ。手前も精一杯のお値段を――」

話の後ろ半分は、耳に入ってこなかった。

道具屋から指し示されて、初めてそこに在るのに気づいた。古びた漆塗《うるしぬり》の箱に鎮座した硯《すずり》である。巷《ちまた》の見世に並んでいる安物とは格が違う。目利きでなくとも、そのくらいのことはわかった。

端渓とは清《しん》国の渓流の名であり、その周辺から採掘した石でつくった硯を端渓硯《たんけいけん》と呼ぶ。名品が多く、珍重されているものだ。

件《くだん》の硯は、ゆるやかな池に緻密《ちみつ》な鳳凰《ほうおう》が刻まれ、周囲には雲龍《うんりゅう》がぐるりと彫ってある。ムラのない石肌は、水に浸ってもいないのに、しっとりと潤っているやにみえる。

「『明端渓』て、それはまた、ええもんをお持ちで。惣介はん、硯がお好きでしたんか。見かけによらん粋《すい》な好みどすなぁ」

雪之丞がちょいと見直したと言いたげな顔をしたが、残念ながら、酸《す》いとはつき合いがあるが、粋とはとんと縁がない。

（はて。いつの間に、どこから降って湧いた）

人並みに字は稽古《けいこ》したが、硯や筆に凝るほどの金も閑もない。さらに、祖父や父が生きていた頃までさかのぼっても、こんな硯を見た憶えはない。

「志織。この硯は納戸にあったものか」

「いえ。小一郎が昼に持ってきたのです。弓の稽古から戻ってすぐ台所へ顔を出しましてね。『これも足しになるやもしれません』と申しました。あの子も姉のことを思いやっているんでございますねぇ」

志織は倅《せがれ》の気持だけを受け取って、嬉《うれ》しいのと感慨にふけるのとで、泣き笑いの顔になっている。惣介が眉を曇らせたのも気づかないようだった。

（十五の若造がどうやって端渓を手に入れたか、不思議に思わんのか）

問うてやりたいのはやまやまだが、ここで志織を怒らせても、オロオロさせても、話がこんぐらかるばかりだ。忍の一字で堪えることにする。

弓術の師範である二宮一矢《にのみやいちや》から、祝いとして託《ことづ》かったのなら、そのように話すはずだ。『足しになるやも』の言い草から考えて、小一郎はこの硯を確《しか》と見てもいまい。

素読吟味《そどくぎんみ》は終えたものの、小一郎はまだ元服を済ませていない。先《ま》ずは鈴菜を嫁がせてからと親の都合もあり、当人が料理の修業に腰を入れる様子がないのを危ぶむ気持もあり。烏帽子親《えぼしおや》を隼人に頼んだきり、元服式は先延ばしになっている。

下ろしたままの前髪のせいでもなかろうが、総領息子はまだまだ青く分別が足りない。身のうちで大人と子どもが団子になっているみたいな有り様だ。頼もしく感じられることもあれば、思いがけぬことをしでかして親の肝を冷やしもする。それでいて、鈴菜同様、理屈ばかりは一人前だから、なかなかに扱いがむずかしい。

（質《ただ》してみねばなるまいなぁ）

承知してはいたが、口の達者な小一郎と正面切ってやりあうなど、出来れば避けて通りたい。不甲斐《ふがい》ないのはよくわかっている。しかし、「武道はそろそろ切り上げて、料理の修業に身を入れろ」の大事なひと言さえ、口に出しかねている体たらくだ。

惣介は道具屋に一縷《いちる》の望みを掛けた。

「道具屋。この硯、売ると言うたら、いくらで引き取る」

「そうでございますねえ。お天道様の下で見せていただいて、それから水を注いで、と、丁寧に調べませんとはっきりしたお値段は付けかねますが――」

道具屋はすでに駆け引きする顔になっている。

「だいたいで良い。もったいぶらずに値を言え」

「陽に当てても水に浸《つ》けてもあまり風情が変わらぬようでございましたら、八両。陽に当てて青紫の気配が出《い》でまして、水に浸けて青色が抜け淡い紫色となりましたならば、十五両。で、いかがでございましょうか」

細い頼みの糸筋はぷつりと切れた。

普通の硯なら高くてもせいぜい七百文、安いものなら二百文。唐物との触れ込みでも、贋物《がんぶつ》は一両が良いところだ。それが十五両。本物の端渓なのだ。

百文、二百文の言い値なら、小一郎が貯めていた小遣いで買い求めたのかもしれないと推し量れたし、手習所以来の友、柊又三郎《ひいらぎまたさぶろう》がくれたものとも考えられた。どちらにしても、大したことではないとほっとできたのだが。

「惣介」

呼ばれて顔を上げると、隼人が案じ顔でこちらを見ていた。

「どうやら、小一郎に話を訊《き》いたほうがよさそうだ。俺が呼んでこよう」

「居場所を知っているのか」

「まだ庭で素振りをしているだろう。おぬしが戻るちょいと前まで、俺が稽古をつけてやっていたからな」

これだから——惣介は胸のうちでうめき声を上げた。

親の考えをよそに、周りは小一郎にやたら武芸を仕込もうとする。それも天下の手練《てだれ》が、寄って集《たか》っての指南だ。幼い頃からやんちゃで暴れ回り走り回るのが好きな小一郎にとっては、料理の修業なぞよりよほど面白いに違いない。かと言って、他人様《ひとさま》が我が子を慈しんでくれているのに、文句をつけるのもおかしな話だ。

「八畳の座敷で待つように言うてくれ」

かけた声に見返った隼人が、少しためらってから言い足した。

「頭ごなしに叱るなよ。なにやら気が沈んでいる様子だった。小一郎は利口者だ。穏やかに質せば、きちんとことの次第を話す」

うなずいておいて納戸に目を戻すと、道具屋が色よい返事を当てにする顔で見上げていた。

「すまぬな。この硯は売れん。他の品を頼む」

値を付けさせておいて今さらではあるが、致し方がない。

「付け値がお気に召しませんでしたか。それなら、もう一両ずつ上乗せでいかがでございましょう」

幻の小判を一枚積んで、道具屋は愛想良く小首を傾げた。口元は笑っているが、目には小狡《こずる》い光がある。

「いや、仔細《しさい》あって手放すわけにはいかんのだ。許せ」

「そう仰《おっ》しゃらずに……わかりました。あと四両ずつお出し致します。色が変わらねば十三両。変われば二十両。それから箱も。古うございますが、こちらを五百文でお引き取りします。他の道具屋をお呼びになっても、これより高くは申しませんよ」

あっという間の五両増し。「よし、売った」と叫びたいのを抑えて、惣介は首を横に振り、箱ごと硯を抱えて納戸を出た。これからの商いを考えて文句は言うまい。が、道具屋も腹に据えかねているはず。残った軸や屏風《びょうぶ》を買い叩《たた》かれるのはやむを得ない。

「もったいないことを。端渓の素性なんかほっかむりして、売ってしもたらよろしのに。何やったらわたしがその硯を貰《もろ》うて、売ったお代を半分こにしてもかましまへんのに」

雪之丞がぶつぶつ文句を垂れてから、納戸の入り口に膝《ひざ》をついた。

「ご新造はん。売り買いのことは、わたしにまかしといておくれやす。道具屋はん、納屋にもようけ品はあるよって、気前よう買うてもらわんとなぁ」

世にも珍しい雪之丞の助け船。あとが怖い気もするが、まずは端渓硯の始末だ。

（三）

「道場の帰りに、ここで、きょろきょろしているご隠居を見かけましてね」

小一郎は牛込《うしごめ》御門の手前、揚場町《あげばまち》にさしかかったところで立ち止まった。小普請《こぶしん》組《ぐみ》旗本、二宮一矢が弓術の道場を開いている番町《ばんちょう》から、諏訪町への帰り道の中途に当たる町人地である。外堀沿いの、ぐるりを旗本屋敷に囲まれた場所で、神田《かんだ》川を上ってきた船がここで積荷を上げることから、町の名がついた。

雪之丞ひとりに任せるのが心許《こころもと》なくて、隼人に見張りを頼んだ。ついでに、大鷹を引き止めておく仕事もおっかぶせてきた。で、父子《おやこ》ふたりでここまで来る間に、訊いてみたいことはいくらもあった。特に台所人の役目への思いを。が、言葉を探して惑《まど》うまま、四町（約四百四十メートル）あまりを黙々と歩んでしまった。

「どうやら道に迷っているらしかったので、声をかけたのです。それからが大変で。ご隠居は坂を登ってきた気がすると言うのですが、傍にはふたつ坂があります。けれど、神楽坂《かぐらざか》は険しいですから、お年寄の足腰ではむずかしかろうと判断しましてね。それで二人して緩やかな軽子坂《かるこざか》を一緒に下って――」

黙って傾聴していれば、手柄話は延々と夜中までつづきそうな勢いだ。幸い雪は小止みになっているが、幕間《まくあい》のお慰みとばかりに北風がひゅるひゅる音を立て、足の速い冬の陽はすでに見世仕舞いにかかっている。長話にはとてもつき合っていられない。

「おい、小一郎。お前が隠居に親切にしたのは親としても誇らしい。その話はぜひゆっくり聴かせてもらいたい。だが、今は硯《すずり》を返すことが先だ」

傷をつけては弁済のきかぬ代物である。風呂敷《ふろしき》に丁寧に包んで、ここまで抱えてきた。早く返してしまわねば気も休まらない。

「結局、どこの見世の隠居だったのだ。お前は、その見世でこの硯をもらったのだろう」

話の腰を折られた不服顔のまま、小一郎は背を向けた。「こちらです」とも何とも言わぬまま、軽子坂を小走りに下りて行く。

(隼人の言うとおり、まことにもって利口な倅《せがれ》よ。親をないがしろにせず、気働きも利く。ほんに、先が思いやられる)

むんと口を結んで、惣介はあとからのそのそとついていった。

坂の下には寺が幾つもある。彫りかけの仏具の匂いやら線香の煙《けむ》に混じって、ほのかに墨も香ってくる。左に曲がれば善国寺《ぜんこくじ》か行元寺《ぎょうげんじ》、右に曲がれば西照寺《さいしょうじ》か無量《むりょう》寺《じ》。そのどれかの門前町だろうとあたりはついていた。

小一郎は振り向きもせずに右に曲がり、無量寺とその先の筑土《つくど》明神八幡宮《はちまんぐう》へつづく四つ辻《つじ》で、焦《じ》れた様子で待っていた。

「そこの見世のご隠居でしたよ。ほんとはこんなに簡単に行きついたわけじゃありませんけれども」

ぶっきらぼうに顎《あご》で指した先に、長四角の〈御硯師〉の看板があった。四つ辻を右に折れてすぐ。無量寺門前の二軒目の見世である。上げ縁に水を張った半切桶《おけ》を置き、硯師がふたり石を削っていた。横の土間を上がった畳敷きに帳場があり、その奥に大ぶりな抽斗《ひきだし》を積み並べた箪笥《たんす》が見える。

「手引きをした礼にと、ご隠居が抽斗からそれを出してくれたのですよ」

「今、帳場格子の奥に見世の主人らしき男が座っているが、お前が硯を貰《もろ》うたときもいたか」

「いいえ。硯師もおりませんでした。こんなに見世先が空っぽで商いが成り立つのかと、案じられたほどです」

案じられるのは、小一郎の幼さだ。老齢の隠居がたいそう稚児《ちご》戻りしているのは、わかっていただろうに。

「見世の者に確かめもせず、どうしてここの隠居だと知れた」

「そりゃあ、当人が、ここだ、ここだと……あっ」

言い終える前に気づいただけまし、と認めてやらねばなるまいか。

たとえこの見世の隠居であったとしても、すでに小一郎のことも硯のことも忘れているだろう。もし見世と縁もゆかりもない年寄であったなら、話はうんとややこしくなる。盗人《ぬすっと》扱いされても、こちらには潔白の証《あかし》がない。ことのややこしさにすっかりしょげ返った倅を引き連れ、惣介は見世の土間へずいと足を踏み入れた。

「ちと、すまぬが」

声をかけると、中の男は愛想の良い笑顔で帳場から出てきた。五十がらみでぽっちゃりと色白。絹の茶と紺の万筋縞《まんすじじま》に、魚子霰《ななこあられ》の羽織を合わせて、如何《いか》にも裕福そうだ。

しめた、と思う。懐が温《ぬく》いなら心持にもゆとりがあって、こちらの言い分を真っ直ぐに受け取ってくれるかもしれない。

「こちらの隠居に用があって参ったのだが」

言いさした途端に、主人の笑みが強張《こわば》った。惣介の顔色をうかがう風情で、首を傾けて上目遣いになった。「どうぞ、お上がり下さい」と丁寧に上座を勧め、奥に向かって茶を言いつけ、差し向かいになって——それでもそわそわと腰が落ち着かず、瞬《まばた》きを繰り返している。

「お武家様。あいにく、隠居は臥《ふ》せっておりますが……あの、なにかご無礼がございましたでしょうか」

「いや、そうではない」

笑顔で返事をしながら、思わず安堵《あんど》の息がでた。

（稚児戻りの隠居は、この主人の親に違いあるまい）

横にしゃっちょこばって座っていた小一郎が、小さく身じろぎする。同じ思いでいるのだろう。

「実は倅が――」

迷子になった隠居に出会ったこと、手助けしてここを捜し当てたものの見世先には誰もいなかったこと、礼にと隠居から硯を貰《もら》って帰ったこと、その硯がたいそうな値打ち物と知って急ぎ返却に来たこと。せつせつと語りながらも、惣介は主人の様子に油断なく目を凝らしていた。

真顔で如才《じょさい》なく相づちを打ってはいるが、心底こちらの語ることを信用しているかどうかはわからない。納得顔で硯を受け取ってくれたとしても、あとで「幕臣の倅が硯を盗んだ」と吹聴《ふいちょう》されたのでは、小一郎にとって生涯の名折れとなる。

（どうも顔色が冴《さ》えんようだが……）

こちらの話を盗人の倅をかばう武家のごり押しと受け取って、どう始末をつけたものかと思案しているからなのか。隠居が近所で道に迷うほど稚児戻りしていること、それを他人に知られたこと、この先どんな評判が立つか知れないこと、などなどを苦に病んでいるせいか。見当がつきかねる。

他に手もない。話し終えて、惣介は風呂敷を解き、硯箱を開けて主人の前に押しやった。

「いえ……これは隠居が差し上げたものでございますので」

もごもごと口の中でつぶやきながら、目は驚きの色を浮かべて端渓の硯を見据えている。売値は道具屋が付けた値段の倍、あるいはそれ以上するのかもしれない。

(用件は済んだ。長居しては物欲しげに見えるだけだ)

小一郎をうながして立ち上がりかけたとき、店の奥から、主人をひとまわり縮ませたような年寄が、やはり品の良い絹物をひらひらさせて現れた。「大旦那様《おおだんな》、お待ち下さい」と、ひそめた困り果てた声が耳に届いて、紺の前掛けの手代が後ろから姿を見せる。手にした盆の上で湯呑み茶碗《ゆのみぢゃわん》がぶつかり合って、かちゃかちゃと冷や冷やする音を立てている。

小一郎があっと口を開けたから、これが件の、そして臥せっているはずの隠居だと察しがついた。

「おや、お武家様。若様に硯をお求めでございますか」

隠居は手代の動転など歯牙《しが》にも掛けず、世慣れた商人《あきんど》の顔で近寄って来た。

「お見忘れか。昼に、軽子坂の上で会ったのだが」

小一郎が中腰になって問いかける。隠居は不意打ちを食らった態《てい》で顎を引き、しばしのっぺりした顔であたりを見回した。それから目をぱちぱち瞬《また》き、覚束《おぼつか》なげに笑んだ。

「……そうでございましたなあ。確か、手前が坂の上までお迎えに出て、見世までお連れ申しましたか」

「いや、そうではなく、わたしが──」

隠居の誤りを正そうとする小一郎を、惣介は首を振って止め、話を引き取った。

「覚えていてくれたか。倅が世話になったな」

「はい。忘れるわけがございません」

隠居はぴんと背筋を伸ばし、今度は自信満々、顔中をしわくちゃにして笑った。

「これ、庄右衛門《しょうえもん》、若様は、うちの見世をわざわざ捜して、硯《すずり》をお買い求め下さったのだよ。ありがたいことじゃないか」

「それで、倅がこちらの硯を──」

「はいはい。左様でございます。これ、庄右衛門」

隠居は案じ顔の主人に向き直った。

「うちの見世をわざわざ捜して、難儀な坂を幾度も登ったり降りたりして、硯をお買い求め下さったのだよ。ありがたいことじゃないか」

おそらくは、小一郎の顔ももう忘れているのだろう。ただ、前髪の侍と坂を登ったり降りたりした、それだけは覚えがあるのだ。

「その硯は、おいくらでしたかな」

「ええ、まあ。硯にもいろいろございますので、ぱっとは思い出せませんが。まあ、お値段はともかくも、お買い求め下さってありがたいことでした」

「おとっつあん、お武家様は――」

「馬鹿。役立たず。見世ではおとっつあんじゃない。大旦那と呼ばっしゃい。何度も言わせるんじゃありませんよ」

庄右衛門を大声で叱りつけたかと思えば、隠居はすぐにニコニコと目を細めて、例の端渓硯《たんけいけん》を箱ごと持ち上げた。

「こちらなども、良いお品でございます。硯は幾つあってもまた欲しくなりますからねぇ。お値段もいろいろでございますが、良いものはようございます」

「まことに。だがまあ、今日はすでにひとつ買い求めたばかりだ。いずれまた、寄らせて貰おう」

「はい、はい。またのお越しをお待ちいたしております。毎度ありがとうございました」

馴染《なじ》み客のごとく三拝九拝《さんぱいきゅうはい》で送り出され、見世先で振り返ると、隠居は薄暗い顔でぼんやり端渓の硯を見ていた。なにか心に引っかかることはあるのだ。そうして、それがどんなことか思い出せないのだ。如何《いか》ばかりうら寂しかろう。

「お武家様」

歩き出して間もなく、後ろから呼び止められた。庄右衛門であった。

「父のこと、硯のこと、お心遣いを賜わり、ありがとうございました」

「隠居があのようでは、難しいことも多かろう」

「はい。母が亡くなりましてから具合がようございませんでしたが、いよいよおかしくなりましたのは神無月《じゅうがつ》で、迷子になるのはこれが三度目でございます。気づかぬうちにふらりと出て、ずいぶん遠くまで行ってしまうのです。霜月《じゅういちがつ》には寒さの中、丸二日も行方知れずとなり、そのときは諦《あきら》めかけました」

それで今日の昼日中、見世が空だったことも合点がいく。泡を食った主人を先頭に、番頭手代から職人まで総出で捜していたところへ、小一郎が隠居を連れて戻ったのだ。

年寄が稚児《ちご》戻りになれば、家内一同が仰天して、右往左往する。受け入れかね、腹を立て、有効な手立ても打てない。隣近所の目も気になる。ひとしきりそんな日々がつづくものだ。

月日が経てば、皆が稚児戻りの隠居に慣れる。わずかずつあしらい様もわかってくる。そうなれば、隠居自身も多少は落ち着くこともあり得る。もちろん、傍《はた》で言うほど易しくはないだろうが。

「此度《こたび》も若様に連れ戻していただかなければ、どうなっておりましたか。あれやこれやとみっともないところをお見せいたしまして、お恥ずかしい限りで――」

「見世の者が皆で隠居を案じているのだ。なにもみっともなくはないさ。歳を取れば、誰もが童に戻る。それもまた恥でも何でもない。ただ、親が頼りなくなってゆくのを目の当たりにして、子はさぞかし辛《つら》かろう」

惣介が言い終える前に、庄右衛門は目を潤ませぎゅっと唇を嚙《か》んで、深々と腰を折った。その辞儀が終わる前に、惣介は小一郎をうながして踵《きびす》を返した。庄右衛門は泣きたいだけ泣けばよいのだ。その邪魔をしたくはなかった。

「父上」

黙ってあとについていた小一郎が、立慶橋《りゅうけい》の手前で深い息とともに惣介を呼んだ。ずいぶん思いつめた声だ。

「わたしに、料理を御指南下さい」

惣介はつんのめるように立ち止まって、小一郎に向き直った。

もう何年も、聞きたいと待ち望んでいたひと言だ。が、少しも嬉《うれ》しくない。

「なにゆえだ。なにゆえ、今、それを言う」

すでに答えはわかっていた。ただ、雪のひとひらほどは、別の返事が戻ってくるやも、と心当てにしていた。

「姉上が嫁ぎ、わたしもいよいよ元服です。いずれ父上が隠居なされば、御膳所のお役目を継がねばなりません。それを考えると、料理の修業は責務。始めるのが遅すぎたくらいでしょう」

心当ては淡くも消えた。

「ただ、弓術と剣術、どちらかの稽古《けいこ》はこのままつづけたいのです。それも思い切るとなると、わたしにはなんの喜びも残りませんから」

落胆の駄目押しである。

「つづければいい、弓術も剣術も。父はお前には料理の指南はせんからな」

小一郎は団栗《どんぐり》のような目をさらにまん丸にして、ぽかんと口を開けた。

「わ、わたしが指南を受けぬまま、もし父上の身になにかあったなら、鮎川の家はどうなるのです」

なるほど。唐突に料理の修業を持ち出したのは、さっきの隠居の姿を見たからか。父親が稚児戻りになるのを案じてのことか。

(そりゃあ、いつかそんな日が来るやもしれんが……)

いらぬお世話の焼豆腐である。それよりおのれの頭の蠅を追っ払え、と怒鳴りたくなる。

「鮎川の家がどうなるかなぞ、いらぬ世話だ。誰がお前に継いでくれと言った。いいや、お前には継がせん」

「なにゆえです……せっかくわたしが覚悟を決めてお願い申し上げているのに、ひどい仰しゃり様だ」

「その覚悟が気に入らんからだ。今の小一郎に料理を指南するくらいなら、不器用でおっちょこちょいな母上に稽古をつけるほうが、よほどましだ」

志織が聞いたら角がしゅるしゅる延びるだろうが、屋敷まで声が届くわけでなし。

言いたい放題である。

「今さら母上に料理を修業させても、大して上達するとは思えません。なぜ、そのようなひねくれたことを――」

「ひねくれではない。わからんのか」

「わかりません」

我が倅ながら、ここまで阿呆《あほう》だとは考えてもみなかった。営々と気遣いを重ねた果てに出来上がったのがこのうつけ跡取りかと思うと、地べたに額をぶつけて泣き叫びたくなる。

むくれ顔の小一郎を睨《にら》みつけてから、惣介は吐き捨てるようにため息をついた。

「いいか、よっく聞け。母上にはなぁ、少なくとも、小一郎や鈴菜に滋養のあるものを食べさせたい、と願う心がある。腕が伴わんだけだ。引き比べて、小一郎はどうだ。覚悟だの、責務だのと並べて見せたが、お前に料理をしたいという気持が欠片《かけら》ほどもあるか。誰かに美味《うま》いものを食べさせたい気持が砂粒ほどもあるか」

剣幕に驚いたように、小一郎がじりりっと後ずさる。

「責務や諦めでこしらえた料理を食べさせられるのでは、上様がお気の毒だ。それになあ。出汁《だし》の香りや焼物煮物の匂いに喜びも感じず、ただ御膳所を駆けずり回る、そうやって一生を終えるならば、小一郎もまた……」

喉《のど》が詰まった。可哀想だ、とつづけられなくなって、惣介は倅に背を向けた。諏訪町の屋敷に向かってぐんぐんと歩き出した。

暮れ六つが鳴り出し、ふたたび雪がはらはらと舞い始めた。

「父上。腹が減りませんか。そこいらでなにか食べて行きませんか」

鐘の音に載せるように、小一郎の呼ぶ声が聞こえる。

詫《わ》びと和睦《わぼく》の願いを込めた声音だ。わかってはいたが、惣介は立ち止まらなかった。この勢いで戻って、大鷹と鈴菜を怒鳴りつけてやろう。そう決めていた。

そもそも下城してからこちら、腹の虫はきゅっとも鳴いてない。

（四）

勢いにまかせて——そう腹を決めていたにもかかわらず、物事は思いどおりには進まなかった。
最初の横槍《よこやり》は隼人だった。頭に肩に降り積もる雪をものともせず、社の狛犬《こまいぬ》よろしく、門前で惣介を待ち構えていたのだ。

「惣介、硯の件は落着したのか。小一郎はどうした」

「片づいた。小一郎は立慶橋で捨ててきた」

こちらが石の狛犬にさえ嚙みつきそうな顔をしていたのか、身のうちから萎《しお》れた心の放つ悲臭《ひしゅう》が漂い出ていたのか。隼人はもの問いたげな目をしただけで、何も訊《き》かなかった。

「大鷹と鈴菜は奥の座敷で待たせてある。ふたりなりに事情があるようだ。まあ、落ち着いて話を聞いてやるが良かろうよ」

普段に似ぬもの柔らかな話しっぷりで、隼人は後からついて来た。いざとなったら割って入って取りなす算段に違いない。どうせ、小一郎のことも口添えするつもりだろう。

次の横槍は、上がり框《がまち》に腰を下ろして銭をじゃらじゃら言わせていた。雪之丞だ。

「締めて二百三十六文。割れた火鉢も、穴の開いた屛風《びょうぶ》も、派手なばっかしで野暮臭い掛け軸も、先祖代々ため込んではった古鍋《なべ》や古釜《がま》も、畑仕事の道具以外はぜ～んぶ、きれいに売りました。がらくたしかあらへんだのに二百文いうのんは、駆け引き上手のわたしやからこそどっせ」

恩に着せて小鼻をひくひくさせているのは気に入らないが、臍《へそ》を曲げていた道具屋を相手に二百文ぶんどったのは、大した手柄である。

「世話をかけたな。礼を言う」

「ほいでから、床の間にあった壺《つぼ》――」

「えっ、あれも売ったのか」

震えが出た。「あの中にはへそくり金が、まだ二朱」と口走りかけて、危ういところで声を呑《の》んだ。銭を掻《か》き集めるのに苦心している最中《さなか》である。志織に聞かれたらえらいことになる。

心の臓をどこどこさせながらを改めて見直すと、雪之丞がしてやったりの顔で眉を上げ下げしていた。

「売り払ったろうと思て中をのぞいたら、えらい値打ちもんでしたよって、やめときました」

小面憎いにもほどがある。礼を言って損をした。

(まったく、どいつも、こいつも)

たわけの小一郎も、世話焼きの隼人も、人を振り回す雪之丞も気に入らない。そして誰より何より癪《しゃく》に障《さわ》るのは、大鷹と鈴菜だ。

惣介は座敷の襖《ふすま》を叩《たた》きつけるように開けて、足音も荒く畳を踏み進んだ。五臓六《ごぞうろっ》腑《ぷ》を鍋で煮立てられているかのように、体が熱かった。頭がぐらぐらして、息も苦しい。

上座にどすんと尻《しり》を落とすと、大鷹と鈴菜は並んで座って頭を下げていた。男雛《おびな》女雛《めびな》の平身低頭——そんな埒《らち》もない言葉が思い浮かんで、どうにもこうにもやりきれない心持になる。開けっ放した襖の向こうで、隼人と雪之丞、それに志織。いつの間にやら戻った小一郎までが、固唾《かたず》を呑んでこっちを見ている。

「それで。どうするのだ」

言いたいことはうずたかく積もっていたが、さっさと訊いて、済ませて、独りになりたかった。

「父上、お知らせするのが遅くなりまして、面目次第もないことでございます」

大鷹に呼びかけられて、惣介はぎくりと身を引いた。「おぬしに父と呼ばれる筋合いはない」と、喉まで出かかって、筋合いはあるのだと気づいた。ただでさえ音を立てていた心の臓が、さらに跳ね上がる。

隣に目をやると、鈴菜が神妙に三つ指をついていた。自分で結ったらしく、小さくまとめた島田が少し歪《ゆが》んでいる。

(まだ島田か)

たわいなく心が和《やわ》らぐ。そんなおのれが情けない。

髪の形が、娘らしい島田だろうが、ご新造らしい丸髷《まるまげ》だろうが、ことは留《とど》まることなく運んでいるのだ。寝癖の髪をじれった結びにして、袂《たもと》をまくり上げていたあの鈴菜は、もうどこにもいない。

惣介の思いをよそに、大鷹の話はつづいていた。

「本日、ようやく殿より出立のお許しを頂戴《ちょうだい》いたしましたので、晴れてお伝えすることが出来ます」

「……水野和泉守様からのお許し……やはり、永の暇《いとま》を頂戴したのか」

「いえ。浜松藩士として、藩の外へ研鑽《けんさん》を積みに行くお許しをいただいたのです」

肩の荷がすとんと下りた。

(つまり、上様が仰せになられた『和泉守がたいそう可愛がっておった』とは、手許《てもと》に置いておきたがった、との意味か。そうか。そうだったか)

浪人になったわけではない。それを聞いて休心したあまりか、体から力が抜けたようで、やたら気怠《けだる》い。おまけに、なで下ろした胸に、忘れ物をしたようなもやもやが残っている。雪之丞の言ったことが、在り在りと耳によみがえる。

『鈴菜はんも大鷹はんも、えらい遠いとこへ行かはることになりましたよって』

それでも惣介は、精一杯の笑みを作った。

「若いうちにたゆまず修練することは大事だ。お許しが出て何より」

「あれまあ。ようございました。あたしは、てっきり父上が淋《さび》しい顔をなさるだろうと思って、案じておりましたのに」

「ふん。父を甘く見るな。江戸からちと離れるくらいで、淋しがったりはせん」

「お見逸《みそ》れいたしましたぁ」

鈴菜ははしゃいでいるが、大鷹は惣介の心模様を慮《おもんぱか》る風にこちらをうかがっていた。まだ親に甘えている娘を、婿はどう感じているのか。恥ずかしくなった。

「それで、いつ、どこへ出立するのだ」
一、二度、ためらってから、ようやく、大鷹が口を開いた。
「長崎へ。新春、松が明けましたら」

「長崎へ行けば、源吾様は、海の外の事情について直《じか》に知ることが出来ますし。あたしも蘭方医学を学べます。良いお話でござんしょう。楽しみでなりません」

鈴菜の朗らかな声が、頭にガンガン響く。

(長崎、長崎、長崎……海を越えた西の果てではないか)

縁もゆかりもない土地で新たな暮しを始めるとなれば、それがどこであろうと——

——上方だろうが、京の都だろうが、蝦夷《えぞ》地であろうが、長崎だろうが——出立が今生の別れになる覚悟がいる。

どこであれ同じ。わかってはいたが。

「ふむ。長崎。そうか、長崎な。そいつぁ——」

よかったと、嘘でも言ってやらねば。うなずいて声を励まそうとした刹那《せつな》、天井がぐわらりと回った。前のめりに倒れる感覚があって、畳が額にぶち当たった。ばたばたと、足袋《たび》をはいた大小の足が走り寄ってくる。

「あれまあ、ひどい熱。お前様、しっかりして下さいまし」

志織の声がうろたえている。

「小一郎、夜具を出せ。大鷹、雪之丞、惣介を寝間へ運ぶぞ」

隼人の声が指図する。

「余計な手出しはするな。自分で歩ける」

言い返して立ち上がろうとして、足下が覚束《おぼつか》ないのに気づいた。どうやら大風邪をひいたらしい。因《もと》は、雪か端渓の硯かそれとも……長崎か。

まどろみのうちに、粥《かゆ》の匂いがふわりと紛れ込んできた。出来の良い粥の匂いだ。

こまめに灰汁《あく》を取り、鍋の中がいつもふつふつと揺れているよう火加減に気を配って、丁寧にこしらえてある。

志織ではとてもこうはいくまい。作ったのは、雪之丞か、ふみ。そう予想して目を開けると、枕元にはなぜか小一郎が座っていた。空の椀《わん》と湯冷ましを載せた膳《ぜん》を前に、体の向こうに土鍋を置いてかしこまっている。その膝《ひざ》に、障子越しの弱い陽が射している。

「何刻《なんどき》だ」

声をかけると、額の上に載っていた手ぬぐいがすべり落ちた。手に取るとまだ冷たい。小一郎が絞りなおしてくれたらしい。

「お目覚めになりましたか。明け六つはとうに鳴りました。夜が明けるまで、母上が看病をしておられたのですが、今は眠っています。片桐のおじ上と源吾さんは、お役目を終えたら寄って下さるそうです。姉上は生薬屋に行っています。ふみさんが、お粥が食べられるようなら、なにか精のつく料理を作ってくれるそうです」

皆にずいぶん心配をかけたようだ。

昨夜、あのあと、鈴菜の煎《せん》じたたいそう苦い臭い薬を、湯呑《ゆの》み一杯飲まされた。全身の怠さと胸のむかつきとでなかなか寝つけず四苦八苦していたのは憶えている。

それでもいつの間にか眠ったらしい。

「父上、粥ができておりますが、少し召し上がりますか」

姿勢だけでなく、言葉づかいまでやたらかしこまっている。昨夕の灸《きゅう》が効いたのか、こっちが病人だからか。さてどっちだ、と思案しているところで、腹がくくっと鳴った。久しぶりに聞いた気がする。

惣介は寝床に座って膳の上に手ぬぐいを置き、湯冷ましをゆっくり飲んだ。まだ熱っぽく頭も重い。だが、胸と胃の腑《ふ》のムカムカは消えている。鈴菜はなかなかの名医やもしれない。

「ひと匙《さじ》かふた匙、もらおうか」

言うと、小一郎が嬉《うれ》しげに笑んで、椀に軽く盛った粥を膳に載せてくれた。

箸《はし》を取れば、熱に倦《う》んだ体に米の甘い香りが沁《し》み入った。ふうふう吹いてから啜《すす》ると、嫌な粘りけがなくサラリとした粥である。それでいて米粒はふっくらと柔らかな歯触りだ。

椀が空になる頃には、身のうちがじわぁっと温《ぬく》まって、人心地がついた。知らず知らず、ほうと長い息が出る。

「美味《うま》いな。塩加減もちょうど良い。これもふみさんが作ってくれたのか」

「いえ。わたしがこしらえました……と言うては嘘になりますね。雪之丞さんが、明け方までご指南下さいました」

訊《き》けば、木戸が開くまでこの屋敷の台所に留まって、小一郎を叱り飛ばしていたらしい。

「米を浸して置いた水をそのまま使って炊こうとして叱られ、鍋《なべ》に蓋《ふた》をしようとして叱られ、浮いてきた泡をそのままにかき混ぜようとして叱られ、塩を入れ過ぎて叱られれです」

雪之丞は幕臣ではないから、どこで夜明かししようと咎《とが》められることはない。それにしても、小一郎のためにそこまで、と心暖まりかけて、違うと気づいた。

「米が可哀想だ、と言わなんだか」

「はい。『小一郎はんみたいな下手くそに好きなようにされるお米が、不憫《ふびん》で不憫で、おちおち帰られしまへん』と言われました」

やはり。人よりも料理の材料を慈しむ男だ。

「ですが、おかげで、粥なぞ多めの水に米を入れて煮ればできる——そう決めつけていたおのれは、とんでもないうつけだと思い知りました。浮いてくる灰汁を丁寧に取り除くにも、火加減をちょうど良く保つにも、細かな心遣いが要るのですねぇ」

小一郎はしばし言いよどんでからつづけた。

「それで、勝手なことをと父上はお怒りになるやもしれませんが、雪之丞さんに、今後も料理の指南をしていただけないか、とお願いしました」

「ほぉ。彼奴《あやつ》はなんと」

「『筋は悪うない。惣介はんのお子だけのことはある』と言っていただきました。それから『よろしおす。お稽古《けいこ》つけたげましょ。そんかし、住み込み奉公で、惣介はんがかまんて言わはったら』と」

雪之丞らしい。睦月が京に帰ってしまえば、身の回りの細かな世話を頼む相手がいなくなる。片づけやら洗濯やらを小一郎にやらせる算段だろう。

（それも悪くないかもしれん）

親が鍛えると、つい過大な望みをかなえようとする。子を何としてでも高い栄達の山の頂に登らせたくなるのだ。本来その子が持っている力よりも高く、しかも他の誰よりも早く、と。

それが親の情から出《い》づるものか、家の弥栄《いやさか》を世間に誇りたいがためか、おのれの果たせなかった夢を託してのことか、はともかく、とかくそうなりがちだ。無理をさせた結果、子どもの心をゆがめてしまうことさえ起きる。

「雪之丞は江戸でも一、二を争う料理人だ。弟子入りできるとは滅多にない幸せ。しっかり励めよ」

認めてやると、小一郎は嬉しげにうなずいた。

小一郎はやけに雪之丞の声色が上手《うま》い。それが唯一の心配の種だった。

（ただでさえ、頑固で七面倒くさい質《たち》だ。この上、京ことばでしゃべるようになって、心根まで雪之丞に似てしもうたらつき合いきれん）

あっさり承諾してしまったことを少しく悔やみながらも、惣介は土鍋の中の粥をすっかり平らげた。心なしかからだが軽くなり頭もすっきりしてきたようだ。

小一郎が空の土鍋を持って座敷を出て行くのと入れ替わりに、志織が来た。

「食べたい気持が戻ってようございました。少しお熱も下がったようですし」

額に手を当て、横になるのを手伝って、志織は欠伸《あくび》をかみころした。

「明け方までついていてくれたそうだな。面倒をかけた」

「しっかり養生なさいませ。まだ治ったわけじゃございませんよ」

志織がちょっと得意気になって、ずれてもいない夜着をひっぱる。

「小一郎の決心をどう思う」

「あの子が、あれほど興味深げに、楽しげに鍋、竈《かまど》の相手をしているのを、初めて見ました。桜井様にお預けするのが一番だと存じます」

そうきっぱり言い切ってもらって、惣介の迷いも失《う》せた。

「鈴菜も小一郎も家を離れて、ふたりだけになるな……まあ、よろしく頼む」

「はい。子が世間に出たあとこそ、夫婦《めおと》の正念場、と覚悟いたしております。一意《いちい》専心《せんしん》、務めまする」

大げさなことを、と笑おうとして、志織が真顔であるのに気づいた。横目でちらちら眺めれば、いつもの女房がひとまわり大きく、地面にどっしりと根を生やしたごとくに見えてくる。

怖いような、頼もしいような。惣介は軽いめまいを覚えて、ぎゅっと目を閉じた。

（五）

明けて文政八年、睦月九日《いちがつここのか》、明け七つ。

大風邪もすっかり癒《い》えて、惣介は鈴菜と大鷹の旅立ちを見送りに、日本橋《にほんばし》まで出た。諏訪町からは他に、志織と小一郎、ふみと伝吉《でんきち》が連れ立ってきた。主水は外を出歩くわけにはいかないから、いずれ長崎で、と言伝《ことづて》を寄越《よこ》した。

四谷伊賀町《よつやいがちょう》からは隼人と八重《やえ》が信乃《しの》と仁《まさし》の手を引いて。すっかり元気になった以知代《いちよ》もやって来て、祝いの宴《うたげ》がなかったことについてチクリと惣介にいやみを言った。そこは、組頭の長尾に詫《わ》びたときと同様に「小一郎の折には必ず」とかわした。

桜井雪之丞も睦月と一緒にやって来た。睦月は鈴菜たちに三日遅れて、十二日に江戸を発《た》つのだという。小一郎は十三日から雪之丞の家に住み込むわけだ。

鈴菜の師匠だった滝沢宗伯《たきざわそうはく》も顔を見せた。病を養っているとは聞いていたが、この前会ったときよりずいぶん痩《や》せている。そこを推して、鈴菜の面倒をみてくれたのだ。父親の馬琴《ばきん》は来なかった。自慢の曲亭《きょくてい》に籠《こ》もって、『南総里見八犬伝』のつづきを書いているのだろう。

志織とふたり、宗伯に懇ろな礼を述べ終え、ほっとして周囲に目をやったとき、惣介は声を上げそうになった。

着流しの侍がひとり、見送りに来た浜松藩士の一団の間を抜けて、ためらいなく大鷹の傍へ近づいてゆく。髷《まげ》も武家風に結い直し大小を差し、町人になりすましていた頃と装束は異なるが、女形《おやま》で人気を呼びそうな瓜実顔《うりざねがお》は、見間違いようもない。

(いかん。朝次《ともつぐ》だ)

和泉守の君命はすでにない。だが、大鷹と朝次の決着は、未《いま》だついていまい。鈴菜はと目をやれば、大鷹の隣で、遊び友だちだった美濃屋《みのや》の娘、香乃《かの》や旗本の近森銀治郎《ちかもりぎんじろう》としゃべって笑い転げている。

（大勢の前で抜刀するような馬鹿はしでかさんだろうが）

もし懐に小太刀を忍ばせていたら——そう思いついたら、矢も楯《たて》もたまらなくなった。咄嗟《とっさ》に走り寄ろうとして、足がもつれた。転びそうになる腕を、誰かがうしろからぐっと支えた。見返ると、目の前に隼人の顔があった。

「案ずるには及ばん。大鷹と朝次のことはすでに話がついている。今朝は別れを言いに来ただけだ」

幼子をあやすような低い穏やかな声音であった。

「大鷹は、縁組みの届けを出す前に、朝次を訪ねたのだ。向こうが望めば立ち合わねばならんと言い張るから、俺もついていった。朝次は笑っていたよ。『君命もなしに剣を抜けば、私闘と見なされる。もう済んだことだ』と。それに『鮎川殿の娘御に、辛《つら》い思いはさせられん』とも」

ほうと体の力が抜けた。同時にむらむらと腹が立った。

「大鷹め、おぬしにはあれこれと相談を持ちかけるくせに、俺には何ひとつ知らせてこん」

「大事の父と思えばこそ、いらぬ気苦労をさせたくないのさ。それより、そろそろ出立するぞ。そばに行ってやれ」

隼人に背を押され、志織に急《せ》かされて前に出る。新しい夫婦は並んで微笑んでいた。似合いのふたりだと思う。それでも、娘の丸髷《まるまげ》姿に胸が詰まった。

「父上。あたしが帰るまでに、そのお腹を少しは引っ込めておいて下さいましね」

鈴菜がいらぬことを抜かす。ほんの二、三日旅に出るかのような軽い調子で。

「やかましい。親の世話は、もう焼かんでよい」と言い返そうとした途端、鼻の奥がつんとして、目蓋《まぶた》が熱くなった。言葉は喉《のど》に引っかかった。

ここで涙がこぼれ落ちては不覚の極み。焦って天を仰ぐと、初春《はつはる》の空が淡い淡い甕覗色《かめのぞきいろ》に晴れ渡っていた。長崎までつづく空だ。

やがて、大鷹と鈴菜は辞儀をして背を向け、睦《むつ》まじくなにか話しながら、日本橋を越えていった。志織はすすり泣きながら、袂《たもと》を振っていた。じきに、ふたりの姿は見えなくなった。

ああと息を吐いて振り返ると、そこに隼人がいた。ニッと笑って小さくうなずく。俺がここにおる。どこへも行かん、とでも言うかのように。

あとがき

まずはじめに、この最終巻を書き終えるのに三年以上もかかってしまったことを、ご面倒をおかけした編集者様、他の皆様、そして誰よりも、惣介《そうすけ》たちを待っていてくださった読者の皆様に、心よりお詫び申し上げます。

諸々《もろもろ》事情はあるのですが、この空白の一番の原因は、私が惣介たちの時間を前巻の最終話のラストシーンで止めたいと願ったことにあります。

現実の時間は淡々とただただ過ぎ去り、決して止めることが出来ません。せめて物語の時間くらい止めてしまいたい。惣介と隼人《はやと》がゆっくり念仏坂《ねんぶつざか》を下っていく場面で、ストップモーションをかけたい。そうすれば、鈴菜《すずな》はお転婆娘のまま嫁がず、小一郎《こいちろう》は理屈言いの小倅《こせがれ》で、惣介と隼人は悩み迷い困りしながらも、笑ってゆるゆると、繰り返す壮年の日々を生きつづけられる。サザエさん一家のように。

そう望んだら、てきめん。時の神のばちがあたったんでしょうか、何も、ほんとに何にも書けなくなってしまったのでした。

やはり駄目なのです。一巻目を「文政《ぶんせい》三年の霜月末《じゆういちがつ》」と始めてしまったからには、物語の中でも時は流れつづける。わがままを言うてはいかんのだ。作者は神ならず。そう、小早川《こばやかわ》は思い知りました。

シリーズはひとまず文政八年初春で終わります。けれど、いつか惣介は「おい、俺は腹が減った。美味《うま》いものを作りたい」と、腹の虫と一緒になって騒ぎ出すやもしれません。その頃には、鈴菜は幼子を抱いた母となり、小一郎はご新造をもらって、志織《しおり》は姑業《しゆうとめ》の難しさに頭を痛め、片桐《かたぎり》の双子は隼人に向かって生意気な口を叩《たた》き、家斉《いえなり》は将軍の座を家慶《いえよし》に譲り渡している。そんな風でしょうか。

手放した作品は読んでくださる方のもの、と思いますので、各話について語ることはしないでおきたいのですが、第二話についてちょっとだけ。

この話を書き始めてしばらくして、二百ページ以上を使わないとプロットが収まりきらないことに気づきました。長編向きのネタだったようです。しかしながら、二話目で二百ページ使ってしまったら、シリーズ最終巻だというのにとても中途半端な状態で予定ページ数が尽きてしまいます。表題に『旅立ち』とあるにもかかわらず、誰も旅立てず、です。頭を抱えました。で、結局、場面転換のとても少ない話になりました。出来上がってみれば、まあこんな回も有りかなあ、と。大河ドラマだって、座って話してばかりの回が、ありますもんね。

機会があったら、この第二話を起とする包丁人侍事件帖の長編を書いてみたい、そんなことを考えたりもしています。


さて、最後に。

惣介が作った江戸時代の様々な料理は、参考文献一覧に上げた書籍をもとに、自分で試作して、味見をして、作中に登場させてきました。その中から、ふた品をレシピとともにご紹介いたします。

どちらも、今の時代にはお目にかからないけれど、江戸に置き去りにしたままではもったいない――面白い食材の使い方、組み合わせ方をした美味《おい》しい料理です。

『大奥と料理番』第二話

①茄子《なす》おろし汁（料理珍味集）

茄子はひと椀《わん》につき一～二本くらい用意する。水を張ったボウルに皮をむいた茄子をすりおろし、灰汁《あく》を抜いたらかたく絞って味噌汁《みそしる》の具にする。

〈『完本　大江戸料理帖』福田浩　松藤庄平　新潮社　より〉


茄子のつぶつぶ感がそりゃもう新鮮です。

「お前ったらこんな小技も隠し持っていたのだねぇ」

と、思わず茄子を撫《な》で撫でしてやりたくなります。
②別山焼《べつさんやき》（豆腐百珍　妙品の部九十二）
『飛んで火に入る料理番』第二話
絹ごし豆腐をきしめん状に細長く切り水に放つ。網杓子《あみしやくし》ですくって鍋《なべ》に入れ、醤《しよう》油《ゆ》、酒で味を調えた出し汁で煮る。
（うどんを煮る要領ですね。うどん豆腐と言います）
温かいご飯を少々揉《も》み、しっかり握ってつくねのような握り飯を作る。割胡椒《こしよう》を混ぜた味噌をこの握り飯に塗り、焼お握りにする。

（お握りを焼くのが面倒な方は、冷凍の焼お握りをチンして、少し冷ましてからぎゅうぎゅう握り直し、そのあと味噌を塗っても雰囲気は味わえます）

器に焼いた握り飯を入れ、上から煮上がったうどん豆腐を汁ごとかける。

〈『豆腐百珍』福田浩　杉本伸子　松藤庄平　新潮社　より〉


うどん、握り飯、豆腐、出汁《だし》、醬油、酒、味噌――和食の雄がそろいぶみです。そこへ、胡椒がチラリと顔を出していい仕事をします。独特の滋味があって、じんわりと体が温まります。

どちらも手軽に作れます。ぜひ、ぜひお試し下さい。


あとがきまで読んで下さった皆様、まことにありがとうございました。

第一巻『将軍の料理番』よりずっとおつき合い下さいました皆様、ご愛読、ご愛顧まことにまことにありがとうございました。

またどこかで、小早川涼《りょう》作品がお目に留まり、お手にとっていただけましたならば、望外の喜びです。

それでは、また、いつか。

参考文献一覧

『江戸の料理と食生活』　原田信男　小学館
『図説江戸料理事典』　松下幸子　柏書房
『豆腐百珍』　福田浩　杉本伸子　松藤庄平　新潮社
『完本　大江戸料理帖』　福田浩　松藤庄平　新潮社
『万宝料理秘密箱』　奥村彪生　ニュートンプレス
『古今名物　御前菓子秘伝抄』　鈴木晋一（訳）　教育社
『江戸幕府役職集成』　笹間良彦　雄山閣出版
『江戸見世屋図聚』　三谷一馬　中央公論新社
『江戸職人図聚』　三谷一馬　中央公論新社
『大江戸復元図鑑』〈庶民編〉〈武士編〉　笹間良彦　遊子館
『江戸城と将軍の暮らし』　平井聖　学習研究社
『大名と旗本の暮らし』　平井聖　学習研究社
『江戸あきない図譜』　高橋幹夫　筑摩書房
『江戸衣装図鑑』　菊地ひと美　東京堂出版

『江戸語の辞典』　前田勇　講談社
『江戸物価事典』　小野武雄　展望社
『文政江戸町細見』　犬塚稔　雄山閣出版
『京ことばの辞典』　大原穣子　研究社
『高橋景保の研究』　上原久　講談社
『江戸の税と通貨』　佐藤雅美　太陽企画出版
『昆布を運んだ北前船』　塩照夫　北國新聞社
『昆布と日本人』　奥井隆　日本経済新聞出版社
『すべてがわかる！「乾物」事典』　家森幸男・奥薗壽子　世界文化社
『反魂丹の文化史』　玉川信明　社会評論社
『健康食　雑穀』　農文教編　農山漁村文化協会
『日々雑穀』　吉田由季子・洋介　川辺書林
『佐倉市史』　佐倉市史編さん委員会編　佐倉市
『図解 貴婦人のドレスデザイン　1730～1930年』　ナンシー・ブラッドフィールド　マール社

『江戸幕府と国防』　松尾晋一　講談社
『逝きし世の面影』　渡辺京二　平凡社
『シャーロック・ホームズとお食事を』　J・C・ローゼンブラット　東京堂出版　F・H・ソネンシュミット
『江戸の本屋と本づくり』　橋口侯之介　平凡社
『江戸の本屋さん』　今田洋三　平凡社
『こどもの聖書』　エリザベス・ジル-セバウン　シャルロット・ローデラー　女子パウロ会
『からだが喜ぶおかゆ料理帖』　野﨑洋光　PHP研究所
『御家人の私生活』　高柳金芳　雄山閣
『端渓硯』　相浦紫瑞　木耳社
『認知症の人の心の中はどうなっているのか？』　佐藤眞一　光文社

本書は書き下ろしです。
編集協力／小説工房シェルパ（細井謙一）

料理《りようり》番《ばん》 旅《たび》立《だ》ちの季《き》節《せつ》

新《しん》・包丁人侍《ほうちようにんざむらい》事《じ》件帖《けんちよう》④

小早川《こばやかわ》 涼《りよう》

令和元年 12月25日 初版発行

発行者●郡司 聡

発行●株式会社KADOKAWA
〒102-8177 東京都千代田区富士見2-13-3
電話 0570-002-301(ナビダイヤル)

角川文庫 20110

印刷所●旭印刷株式会社
製本所●本間製本株式会社

表紙画●和田三造

●お問い合わせ
https://www.kadokawa.co.jp/ (「お問い合わせ」へお進みください)
※内容によっては、お答えできない場合があります。
※サポートは日本国内のみとさせていただきます。
※Japanese text only

ISBN 978-4-04-105195-5 C0193

◇◇◇

角川文庫発刊に際して

角　川　源　義

第二次世界大戦の敗北は、軍事力の敗北であった以上に、私たちの若い文化力の敗退であった。私たちの文化が戦争に対して如何に無力であり、単なるあだ花に過ぎなかったかを、私たちは身を以て体験し痛感した。西洋近代文化の摂取にとって、明治以後八十年の歳月は決して短かすぎたとは言えない。にもかかわらず、近代文化の伝統を確立し、自由な批判と柔軟な良識に富む文化層として自らを形成することに私たちは失敗して来た。そしてこれは、各層への文化の普及滲透を任務とする出版人の責任でもあった。

一九四五年以来、私たちは再び振出しに戻り、第一歩から踏み出すことを余儀なくされた。これは大きな不幸ではあるが、反面、これまでの混沌・未熟・歪曲の中にあった我が国の文化に秩序と確たる基礎を齎らすためには絶好の機会でもある。角川書店は、このような祖国の文化的危機にあたり、微力をも顧みず再建の礎石たるべき抱負と決意とをもって出発したが、ここに創立以来の念願を果すべく角川文庫を発刊する。これまで刊行されたあらゆる全集叢書文庫類の長所と短所とを検討し、古今東西の不朽の典籍を、良心的編集のもとに、廉価に、そして書架にふさわしい美本として、多くのひとびとに提供しようとする。しかし私たちは徒らに百科全書的な知識のジレッタントを作ることを目的とせず、あくまで祖国の文化に秩序と再建への道を示し、この文庫を角川書店の栄ある事業として、今後永久に継続発展せしめ、学芸と教養との殿堂として大成せんことを期したい。多くの読書子の愛情ある忠言と支持とによって、この希望と抱負とを完遂せしめられんことを願う。

一九四九年五月三日

角川文庫ベストセラー

料理番に夏疾風《なつはやて》
新・包丁人侍事件帖
小早川　涼

将軍家斉お気に入りの台所人・鮎川惣介にまたひとつやっかい事が持ち込まれた。家斉から、異国の男に料理を教えるよう頼まれたのだ。文化が違う相手に悪戦苦闘する惣介。そんな折、事件が――。

料理番　忘れ草
新・包丁人侍事件帖②
小早川　涼

江戸は梅雨の土砂降り。江戸城台所人の鮎川惣介は、自宅へ戻り浸水の対応に追われていた。翌朝、住み込みで料理を教えている英吉利人・末沢主水が行方不明となり、惣介は心当たりを捜し始める。

飛んで火に入る料理番
新・包丁人侍事件帖③
小早川　涼

火事が続く江戸。江戸城台所人の鮎川惣介の元へ、以前世話になった町火消の勘太郎がやってきた。火事場の乱闘に紛れて幼馴染みを殺した犯人を捜してほしいというのだ。惣介が辿り着いた事件の真相とは――。

将軍の料理番
包丁人侍事件帖①
小早川　涼

江戸城の台所人、鮎川惣介は、優れた嗅覚の持ち主。家斉に料理の腕を気に入られ、御小座敷に召されることも。ある日、惣介は、幼なじみの添番・片桐隼人から、大奥で起こった不可解な盗難事件を聞くが――。

大奥と料理番
包丁人侍事件帖②
小早川　涼

江戸城の台所人、鮎川惣介は、鋭い嗅覚の持ち主。ある日、惣介は、御膳所で仕込み中の酪の中に、毒が盛られているのに気づく。酪は将軍家斉の好物。果たして毒は将軍を狙ったものなのか……シリーズ第2弾。

角川文庫ベストセラー

料理番子守り唄
包丁人侍事件帖③

小早川　涼

江戸城の台所人、鮎川惣介は将軍家斉のお気に入りの料理番だ。この頃、江戸で評判の稲荷寿司の屋台があるという。その稲荷を食べた者は身体の痛みがとれるというのだが……惣介がたどり着いた噂の真相とは。

月夜の料理番
包丁人侍事件帖④

小早川　涼

江戸城の台所人、鮎川惣介は八朔祝に非番を言い渡された。料理人の腕の見せ所に、非番を命じられ、納得のいかない惣介。心機一転いつもと違うことを試みるが、上手くいかず、騒ぎに巻き込まれてしまう――。

料理番 春の絆
包丁人侍事件帖⑤

小早川　涼

江戸城台所人、鮎川惣介は、上役に睨まれ元日当番を命じられてしまった。大晦日の夜、下拵えを終えて幼馴染みの添番・片桐隼人と帰る途中、断末魔の叫び声を聞いた。またも惣介は殺人事件に遭遇するが――。

くらやみ坂の料理番
包丁人侍事件帖⑥

小早川　涼

江戸城の料理人、鮎川惣介は、持ち前の嗅覚で数々の難事件を解決してきた。ある日、将軍家斉から西の丸で起きているいじめの真相を知りたいと異動を言い渡される。全容を詳らかにすべく奔走したのだが――。

料理番　名残りの雪
包丁人侍事件帖⑦

小早川　涼

幼馴染みの添番、片桐隼人とともに訪れた蕎麦屋で、酒に溺れた旗本の二宮一矢に出会う。二宮が酒をやめる代わりに、惣介が腹回りを一尺減らすという約束をしてしまい、不本意ながら食事制限を始めるが――。

角川文庫ベストセラー

角川文庫ベストセラー

英雄にっぽん　池波正太郎

戦国の怪男児山中鹿之介。十六歳の折、出雲の主家尼子氏と伯耆の行松氏との合戦に加わり、敵の猛将を討ちとって勇名は諸国に轟いた。悲運の武将の波乱の生涯と人間像を描く戦国ドラマ。

夜の戦士(上)(下)　池波正太郎

塚原卜伝の指南を受けた青年忍者丸子笹之助は、武田信玄に仕官した。信玄暗殺の密命を受けていた。だが信玄の器量と人格に心服した笹之助は、信玄のために身命を賭そうと心に誓う。

仇討ち　池波正太郎

夏目半介は四十八歳になっていた。父の仇笠原孫七郎を追って三十年。今は娼家のお君に溺れる日々……仇討ちの非人間性とそれに翻弄される人間の運命を鮮やかに浮き彫りにする。

江戸の暗黒街　池波正太郎

小平次は恐ろしい力で首をしめあげ、すばやく短刀で心の臓を一突きに刺し通した。男は江戸の暗黒街でならす闇の殺し屋だったが……江戸の闇に生きる男女の哀しい運命のあやを描いた傑作集。

炎の武士　池波正太郎

戦国の世、各地に群雄が割拠し天下をとろうと争っていた。三河の国長篠城は武田勝頼の軍勢一万七千に包囲され、ありの這い出るすきもなかった……悲劇の武士の劇的な生きざまを描く。

角川文庫ベストセラー

卜伝最後の旅
池波正太郎

諸国の剣客との数々の真剣試合に勝利をおさめた剣豪塚原卜伝。武田信玄の招きを受けて甲斐の国を訪れたのは七十一歳の老境に達した春だった。多種多彩な人間を取りあげた時代小説。

戦国と幕末
池波正太郎

戦国時代の最後を飾る数々の英雄、忠臣蔵で末代まで名を残した赤穂義士、男伊達を誇る幡随院長兵衛、そして幕末のアンチ・ヒーロー土方歳三、永倉新八など、ユニークな史観で転換期の男たちの生き方を描く。

賊将
池波正太郎

西南戦争に散った快男児〈人斬り半次郎〉こと桐野利秋を描く表題作ほか、応仁の乱に何ら力を発揮できない足利義政の苦悩を描く「応仁の乱」など、直木賞受賞直前の力作を収録した珠玉短編集。

闇の狩人 (上)(下)
池波正太郎

盗賊の小頭・弥平次は、記憶喪失の浪人・谷川弥太郎を刺客から救う。時は過ぎ、江戸で弥太郎と再会した弥平次は、彼の身を案じ、失った過去を探ろうとする。しかし、二人にはさらなる刺客の魔の手が……。

忍者丹波大介
池波正太郎

関ヶ原の合戦で徳川方が勝利をおさめると、激変する時代の波のなかで、信義をモットーにしていた甲賀忍者のありかたも変質していく。丹波大介は甲賀を捨て一匹狼となり、黒い刃と闘うが……。

角川文庫ベストセラー

角川文庫ベストセラー

夕映え (上)(下)　宇江佐真理

江戸の本所で「福助」という縄暖簾の見世を営む女将のおあきと弘蔵夫婦。心配の種は、武士に憧れ、職の落ち着かない息子、良助のことだった…。幕末の世、市井に生きる者の人情と人生を描いた長編時代小説！

口入れ屋おふく　昨日みた夢　宇江佐真理

逐電した夫への未練を断ち切れず、実家の口入れ屋「きまり屋」に出戻ったおふく。働き者で気立てのよいおふくは、駆り出される奉公先で目にする人生模様から、一筋縄ではいかない人の世を学んでいく——。

はなの味ごよみ　高田在子

鎌倉で畑の手伝いをして暮らす「はな」。器量よしで働きものの彼女の元に、良太と名乗る男が転がり込んできた。なんでも旅で追い剝ぎにあったらしい。だが良太はある日、忽然と姿を消してしまう——。

はなの味ごよみ　願かけ鍋　高田在子

鎌倉から失踪した夫を捜して江戸へやってきたはなは、一膳飯屋の「喜楽屋」で働くことになった。ある日、乾物屋の卯太郎が、店先に幽霊が出るという噂で困っているという相談を持ちかけてきたが——。

はなの味ごよみ　にぎり雛　高田在子

桃の節句の前日、はなの働く一膳飯屋「喜楽屋」に、降りしきる雨のなかやってきた左吉とおゆう。何か思い詰めたような2人は、「卵ふわふわ」を涙ながらに食べた後、礼を言いながら帰ったはずだったが……。